신분상승 가속자

신분 상승 ⁴ 가속자

신분 상승 가속자 ⁴

초판 1쇄 인쇄일 2016년 8월 18일 | **초판 1쇄 발행일** 2016년 8월 23일

지은이 철갑자라 | **펴낸이** 곽중열 | **담당편집 팀장** 이범수
편집부 신연제 이윤아 홍현주 김유진 임지혜

펴낸곳 (주)조은세상 | 출판등록 제 2002-23호
주소 경기도 연천군 미산면 청정로 1355
TEL 편집부 02)587-2966 | FAX 02)587-2922
e-mail bukdu@comics21c.co.kr

ISBN 979-11-5832-642-5 | ISBN 979-11-5832-589-3(set) | 값 8,000원

철갑자라 현대판타지 장편소설

NEO MODERN FANTASY STORY

4

신분상승 가속자

북두
(주)좋은세상

CONTENTS

NEO MODERN FANTASY STORY

1 장 - 사회생활

신분상승 가속자

1 장 - 사회생활

일단 최대한 표정을 숨겼다.

그리곤 덤덤한 어조로 말했다.

"이 자가 우리 노블립스를 견제하는 헌터입니까? 헌터답게 무식하고 크게 생겼군요."

"예. 덩치가 어마무시 합니다. 제법 강한 헌터라고 하더군요. 저희를 견제하는 조직의 대장급이라고 합니다."

구마준은 자신이 웬만해선 노출되지 않을 거라 했다.

헌데 이게 어떻게 된 일인가.

"이름이나 프로필은?"

"아. 여기 정리해놓은 차트가 있습니다."

중년 중 하나가 스마트폰의 내용을 보여주었다.

주욱 살펴보니 구마준의 정보가 맞는 거 같았다.

"어떤 경로로 알게 된 겁니까?"

"하하. 이사님이 칭찬하신 분답게 혈기왕성하시군요. 서로 초면인데 인사도 안 하고 일을 합니까? 갑질 심판은 저희들에게 일종의 행사입니다. 즐겁게 가시죠."

머리가 벗겨진 중년이 능글능글하게 말했다.

"일단 궁금한 것부터 풀고요. 어떻게 알게 됐습니까?"

이번엔 갑질을 이용했다.

자꾸 말을 돌리는 게 영 성가시네.

"아, 네. 이 조직이 가디언즈라는 조직인데, 그 중 하나를 유인해서 역으로 갑질을 했습니다. 원래는 잘 나가는 한인 교포 회원인데, 국내로 섭외해서 독거노인 행세를 하게 했죠. 당연히 감시가 붙었습니다."

말이 나온 김에 다른 중년이 거들었다.

"그리곤 독거노인이 재산이 비약적으로 증가한 뒤, 이웃들에게 마구잡이로 갑질하는 상황을 연출했습니다. 원래 서열이 높았지만, 겉으로 보면 졸부처럼 보이게요."

"그래서 날파리 하나가 걸려들었고, 저희 끄나풀이 된 거죠. 강제 충성하도록 세뇌했습니다."

"자, 이제 서로 이름이라도 알죠? 어린 분이 얼마나 대단한가 궁금합니다, 흐흐."

올림푸스 직원들과 달리 중년 셋은 묘한 태도를 보였다.

갑질로 서열을 확인시켜주긴 했지만, 여전히 나를 못미더워하는 듯 했다.

뭔가 표정에서 계속 재보려는 게 보인다.

"그럼 원하시는 대로 서로 통성명을 하죠. 저는 김준후입니다. 곧 대학에 입학 예정이고, 남궁철곤 이사님을 돕고 도베르만을 지휘하고 있습니다. 자, 여기부터 소개하시죠."

이번엔 갑질을 사용하지 않았다.

아무리 그래도 같은 노블립스 회원인데 내가 너무 적대적으로 행동하는 것 같았다.

구마준이 노출됐다는 것 때문에 신경질이 나서 그런가 보다.

잘못하면 나까지 노출되는데. 남궁철곤이 뿜을 번개를 아직 버텨낼 자신이 없다.

"저희 셋 다 중소기업 사장입니다. 흐흐. 물론 사업을 하나만 하고 있는 건 아니죠. 간판은 합법이지만…… 동남아쪽 계집이 땡기시면 저한테 말씀하십시오! 흐흐흐. 전 윤말중입니다."

걸핏하면 음흉하게 웃는 중년은 윤말중이었다. 변태적으로 축 쳐진 눈이 인상 깊었다.

"전 김덕수. 하얀 가루 장사를 합니다. 일단은 홍대랑 강남에만 돌리고 있어요. 석철이가 빨리 네트워크를 펴줘야 맘 놓고 장사할 텐데!"

하얀 가루란 곧 마약 장사를 뜻하는 것일 테다.

의외네. 돈이 썩어나는 노블립스에서 굳이 마약까지 손대야할 이유가 있을까.

김덕수는 징그러울 정도로 동그랗고 순한 눈을 가지고 있었다. 그 순함이 꾸며진 거란 게 확 느껴지는 게 특징이라면 특징이었다.

동그란 눈 뒤엔 괴물 같은 인성이 웅크리고 있을 거 같았다.

"나는 조두호요. 어린 친구한테 존대하려니 영 베알이 꼴리네. 그래도 조직에선 위 사람이니 대우해주겠소."

말투가 약간 어눌한 자는 조두호였다. 조선족인 듯 했다.

얼굴에 칼자국이 나 있고 눈빛엔 대상 없는 살기가 어려 있었다. 그래도 딱히 위협이 되진 않았다.

"아, 저는 청부 장사합네다. 귀찮은 놈 있으면 알려주소. 쑤셔줄 테니. 요새 장비가 좋아서 추적도 쉽지가 않으요."

"예. 잘 들었습니다. 전체적으로 실제 돌리는 사업은 다 어두운 쪽이시네요?"

중소기업 사장이라더니 순 범죄자들이었다.

그래도 찰스의 멘토였으니 작은 규모의 잡범은 아닐 테다.

전국적으로 알게 모르게 손이 뻗쳐 있겠지.

나보단 못하겠지만, 서열이나 갑질 능력도 만만찮겠고.

"그렇습네다. 그래서 석철이랑도 형님동생 하며 지네지요. 술 한 잔 한 지가 꽤 됐네."

"자, 이제 통성명을 했으니, 마땅히 일을 하러 가볼까요?"

가루 장사꾼 김덕수가 순진하게 말했다.

그 동그란 눈에는 벌써 광기가 깃들고 있었다.

구마준을 결코 곱게 죽이지 않겠다는 것이다.

"흠. 타겟의 위치가 파악 됐습니까?"

"그건 아닙네다. 대신 물고 들어갈 끄나풀이를 알고 있 디요. 그 놈 통해서 물고 들어가면 됩네다. 어렵지 않습네 다."

조두호는 청부 사업자라 그런지 사람을 꾀어 공략하는 술수가 보통이 아닌 듯 했다.

구마준의 부하인 듯한, 끄나풀이라 부르는 자도 노블립 스 회원을 위장시켜 유인한 것이라 했다.

진석철과는 또 다른 노련함이 보이네.

진석철이 적당히 머리를 굴리며 직접적으로 부딪치는 쪽 이라면, 지금 내 앞에 있는 중년 셋은 백 년 묵은 구렁이 같 은 느낌이었다.

"좋습니다. 그럼 전 주변에 대기하고 있을 테니 꾀어 오 세요. 다 준비되면 같이 치고 들어가서 데려오죠."

"아따, 어린 분이 꿀 바른 알맹이만 빼먹으려 하시네. 뭐, 알겠습니다. 고된 일은 저희가 맡아도 되죠."

"저희 위라니까 뭐."

못미더워할수록 대놓고 내가 위라는 냥 말했다.

평소라면 말도 안 되는 상황이겠지만, 지금 우리 넷은 노 블립스 회원으로써 만난 것이었다.

그리고 노블립스는 철저히 상하 구조를 갖춘 조직이었다.

실질적인 권력인 갑질과 서열을 통해.

통상적인 사회 예절이나 사람 간의 친근함 따위는 포함되지 않는 자리였다.

"그럼 가죠."

"제가 꼬리 잡히지 않을 차량과 장비를 준비했습니다."

"근데 그 타겟 놈이 얼마 단단한지 모르니까넨."

"헌터 놈들. 맨살에 칼 안 박히는 놈들이 수두룩하다던데. 잘못 찔렀다 우리가 된통 당하는 거 아니요? 갑질이 안 통하면 그대로 우린 맨몸인데!"

"뭘 걱정이요. 우리가 어떻게 못해도, 여기 김준후 씨가 계시는데. 설마 그 놈이 이 분보다 높겠어?"

이래서 날 부른 거구나.

만약의 상황에 활약할 높은 서열의 갑질 능력자로서.

허나 구마준은 아직도 나보다 서열이 높을 것이다. 나는 이제야 D급 반열에 들어섰으니.

반면 구마준은 더 강한 헌터인데다가, 이상하게 서열이 높았다. 분명 그가 데리고 다니는 부하나 친구들이 단순 지인은 아닐 것이다.

노블립스 견제 세력도 만만치 않게 큰 것이려나.

"일단 가죠."

나는 다른 갑질 능력자들과 다르게 정확한 서열을 볼 수 있다.

마치 밤의 서열 본능처럼.

반면 다른 갑질 능력자들은 철저한 조사와 관찰을 통해 상대의 서열을 유추해야했다.

"한 숨 주무쇼. 도착하면 깨워드릴 테니."

"아닙니다. 생각할 게 많아서."

"그러시겠죠. 저희만 해도 사업하느라 대갈빡이 빠개지는데! 어린 나이에 더 큰 사업하려면 힘드시겠습니다. 흐흐. 스트레스 풀고 싶으면 언제든 말하십시오."

"요란한 계집들이 싫으면 가루도 괜찮고."

윤말중과 김덕수가 스윽 명함을 내밀었다.

고개를 끄덕이곤 대충 명함을 주머니에 구겨 넣었다.

내가 돈이 많다고 확신해, 어떻게든 엮여서 사업을 확장해보려는 것일 테지.

어린 나이라고 무시하는 기색은 사라지지 않았다.

일부러 드러내는 것 외에도 무의식적으로 티를 내는 것이었다.

"자, 도착했습니다. 그럼 김준후 씨는 주변에서 대기하실래요?"

"그러겠습니다. 따로 잡아놔서 세팅하고 제게 오세요."

"아유. 명함 드렸잖습니까. 연락 주시고 준후 씨가 오시는 게 어떨지. 어려운 부분도 저희가 다 맡아서 하는데. 도움 필요하면 돌아오죠."

김덕수가 귀찮다는 듯이 말했다.

갑질을 할 순 있었지만 그냥 고개를 끄덕였다.

괜히 신경질을 부려 피곤한 일을 만들고 싶지 않았다.

당장 중년 셋을 온순하게 만드는 건 힘들 듯 했다. 정말 자리 잡고 괴롭히지 않는 이상.

지금 내겐 더 신경을 써야 하는 대목이 따로 있다.

"가보겠습니다."

"그럼 곧 잔치에서 뵙죠."

"여러 구상을 많이 해오쇼. 몸덩어리가 단단한 자식이라 작업해볼 건덕지가 많을 테니까."

조두호가 살기를 담아서 말했다.

나는 조용히 손을 흔들어주었다.

중년 셋은 저벅저벅 어딘가로 걸어갔다.

"에휴."

얼핏 보면 그저 쉬는 시간에 외출한 직장인으로 보였다. 척 보기에 덩치가 크거나 눈에 띄는 인물들은 아니었으니.

하지만 자세히 들여다보고 배경을 알게 되자 노련한 독사들로 보였다.

노블립스가 더러운 일을 시키기 위해 사용하는 도구들다웠다.

"흠."

아주 짧게 고민했다.

어차피 내버려두어도 구마준은 저들에게 갑질을 당하지 않는다.

저들의 생각보다도 구마준의 서열은 훨씬 높다.

뭔가 나도 모르는 배경이 있는 거 같다.

단순히 돈 많고 힘이 센 헌터 정도는 아니란 말이지.

"으으. 어쩌지."

나 역시 아직 구마준에게 갑질할 수준은 아니다. 레벨을 조금 더 올려야 간발의 차이로 앞설 거 같다.

"후으으으."

그렇다면 가만히 있을 경우 윤말중, 김덕수, 조두호는 그대로 죽임을 당하거나 역으로 포획 당할 것이다.

문제는 작업하기로 한 내가 멀쩡할 테니 노블립스에게 추궁을 받을 거고.

구마준 쪽에 붙잡힌 척하는 것도 상당한 시간과 노력의 낭비가 될 터다. 상대 조직 이름이 가디언즈라 했었나.

"아이 씨. 골치 아프게 됐네."

결국 내린 판단은, 마침내 구마준 쪽 스파이 역할을 할 때가 됐다는 것이다.

지금은 방관할 상황이 아니었다.

결코 내게 유리한 상황이 아니니까.

설사 구마준이 잡힌다 치더라도, 죽이는 과정에서 온갖 심문을 당할 테니 마찬가지로 내게 불리하다.

"여보세요."

-어, 준후 군. 오랜만이네! 오늘은 레이드를 비교적 적게 돌았군. 아, 물론 자네 기준에서 말야. 더는 안 돌 건가?

"레이드는 오늘 충분히 돈 거 같습니다. 그것 외에 급한 건으로 연락 드렸습니다."

-그래, 뭔가.

내가 급한 건이라고 하자 곧장 구마준의 태도가 진중해졌다.

"신분이 노출되셨습니다. 곧 노블립스에서 추적해 들어갈 겁니다. 친구나 부하 중에 세뇌 당한 인원이 있는 거 같습니다."

내 말에 구마준은 몇 초 동안 말이 없었다.

상당히 충격을 받은 듯 했다.

-그래. 매우 중요한 정보로군. 고맙네, 준후 군. 역시 자넬 영입하길 잘했어. 거기 어딘가? 사람을 보내겠네.

"저한테요? 굳이 왜요?"

-보여줄 것이 있네. 나는 곧 몸을 피하도록 하지.

"네. 가급적 해외로 나가세요. 국내에선 어떻게든 발목이 잡힐 겁니다. 지금 세뇌 당한 인원을 최대한 빨리 찾아서 알려주십시오."

-알겠네. 그럼 주소를 보내주게. 우리 통화 기록은 다 삭제되니 걱정 말고.

"예."

구마준에게 지금 있는 곳과 동떨어진 주소를 보냈다.

그리곤 나도 해당 주소로 이동했다.

인적이 드문 달동네 위의 야산을 접선 장소로 정했다.

"후우우우."

심란한 머릿속을 정리하고 있자 두 명의 덩치가 슬그머니 다가왔다.

구마준과 김창준이었다.

"깨워 줘."

"알겠습니다. 잠시."

김창준이 내게 이질적인 기운을 뿌렸다. 그러자 오늘 노블립스 회원들에게 전해들은 가디언즈에 관한 기억이 전부 깨어났다.

"으. 그렇지."

이래서 구마준 서열이 훨씬 높았던 거구나.

"자네 말대로 이상한 낌새를 보이는 부하가 있네. 이 자야. 얼굴과 이름을 봐 두도록."

"알겠습니다. 이제 해외로 떠나시는 겁니까?"

"그래. 당분간 몸을 사려야겠어. 자네 말대로 뭔가 범상치 않은 움직임이 느껴지네. 우리 쪽 요원을 아예 세뇌 심복자로 만들 줄이야. 자네 덕분에 화를 면하게 됐네. 고마워. 떠나기 전, 얼굴이라도 보고 가려고 왔네."

"알겠습니다. 몸조심하십시오."

구마준과 악수를 나누었다. 물론 그를 도운 가장 큰 이유는 그게 제일 유리한 선택지라서 그렇다. 그를 노블립스와 격리 시키는 게 가장 수지타산이 맞았다.

하지만 그 외에도 난 구마준에게 상당히 많은 도움을

받아왔다.

받은 호의 중 제일 큰 것은 당연 인공 각성이었다. 그게 아니었다면 서열도 훨씬 덜 올라갔을 테고, 항상 픽 죽어버릴까봐 걱정했을 거다.

"가보겠네. 곧 볼 걸세."

구마준이 굳건한 표정으로 고개를 끄덕인 뒤 몸을 돌렸다.

"여보세요."

그 때 같이 온 김창준이 전화를 받았다.

"아, 네. 같이 있습니다."

누군가 아는 사람의 전화인 듯 했다.

툭.

김창준이 뭔가를 듣더니 전화기를 떨어뜨렸다.

그리곤 갑자기 허리춤의 무기를 꺼내들어 구마준을 겨눴다.

미처 막을 여유조차 없었다.

김창준은 즉각 방아쇠를 당겨버렸다.

콰웅!

마나 무기의 광선이 그대로 구마준의 머리를 뚫고 지나갔다. 그에 더해 김창준의 손이 파랗게 썩어 들어갔다.

신분상승⁴
가속자

"그, 그만! 동작을 멈춰!"

김창준이 내 명령에 우뚝 멈춰 섰다.

얼른 뛰어 가 김창준을 밀어내는 발차기로 넘어뜨렸다.

"바닥에 그대로 멈춰 있어!"

"무, 무슨!"

김창준이 바닥에 굳은 채로 당황한 표정을 지었다. 내가 그보다 실제 서열이 높아서 놀란 것인지, 다른 이유 때문에 놀란 건지는 모르겠다.

"허."

구마준은 피를 콸콸 흘리며 바닥에 널브러진 상태였다.

쭈그려 앉아서 그를 내려다보았다.

당연히 즉사한 상태였다. 다른 이도 아닌 같은 가디언즈 요원에게 당하다니!

"끄아아악!"

김창준이 사용한 무기는 마나를 과충전하는 원거리 무기인 듯 했다.

마나를 무리하여 사용해서 그런지, 김창준의 손은 심하게 푸른 화상을 입은 상태였다.

"끄으으."

김창준이 잠깐 꿈틀거리더니 전화기 쪽으로 시선을 돌렸다.

분명 전화를 받더니 갑자기 구마준을 쐈다.

누군가 통화로 지시를 내린 건가.

혹시나 하는 생각이 들었다.

누가 갑질을 한 걸 수도 있다.

윤말중 패거리가 끄나풀이라 했던 인원이 설마 김창준인가! 그래서 눈치를 채고 구마준을 즉각 처리하라고 한 건가.

문득 진석철이 말한 잠재 메시지가 생각났다.

나도 노출 됐으려나.

만감이 교차했다.

답의 일부는 김창준에게서 찾을 수 있을 터다.

탓, 콰직!

한 번에 도약해 김창준이 떨어뜨린 전화기 위로 착지했다.

전화기는 아예 으깨져 사용할 수 없게 됐다.

"누구와 통화했는지 말해."

"한국 지부장 박효원···."

"네가 세뇌 능력자들이 꾀어낸 끄나풀인가? 잠재의식으로 당한 거라 모르려나."

"그, 그런 게 아니야! 박효원 그 놈이 갑자기 구마준과 잠입요원과 있냐고 물어왔어. 그래서 그렇다고 했지."

"그런데?"

"다음엔 다른 사람의 목소리가 들리더니, 갑자기 구마준과 너를 죽이고 자살하라고 했어···. 내가 그 말을 따르다니. 설마?"

"박효원이 세뇌 능력자들에게 당한 건가?"

"아니면 한통속인 거겠지."

김창준은 아직도 정신을 차리지 못한 듯 했다.

자기 손으로 구마준을 죽인 게 믿기지 않는 듯 했다.

아직도 김창준의 손이 썩어 들어가고 있었다. 통화로도 갑질이 가능하다니. 남궁철곤의 말에 의하면, 일방적인 방송은 불가하다고 들었는데.

"대체 왜 그런 위험한 무기는 가지고 다녔던 거지?"

"몰라. 분명 아침에 장비했을 땐 일반 레이드용 장비라 생각했어. 오전 훈련이 있었거든. 근데 이런 미친 과충전 무기라니. 언제 바꿔치기 한 거야."

"정말 통화로 세뇌를 당해서 구마준을 죽인 건가?"

연속적으로 갑질을 퍼부었다.

김창준은 진실을 말할 수밖에 없었다.

"그렇다고. 나도 뭐가 뭔지 모르겠어."

상황이 더욱 복잡하게 흘러갔다.

노블립스에서 보복으로 구마준을 죽이려 했다.

나는 몰래 구마준에게 정보를 흘렸고.

무사히 상황이 마무리되나 했는데, 가디언즈 한국 지부장이 전화를 걸었다.

더 강한 갑질 능력자에게 당한 것이거나, 한통속인 거겠지. 노블립스에 속하지 않은 강자가 있는 건가.

"박효원의 목소리나 어감은 어땠어? 아무리 세뇌를 당하는 중이라도 감정이 조금은 드러날 거 아냐. 그것마저 미리 세뇌당한 게 아니라면."

"멀쩡했어. 멀쩡했다고! 네가 나보다 서열이 높을 줄이
야."

불행 중 다행이었다.

가디언즈는 내가 노블립스 장로 후보란 걸 모른다.

그저 말단에서 일하는 하위 소속 회원인 줄 안다. 그래서
암살을 명령한 자도 내가 김창준을 제압하지 못할 거라 생
각했나 보다.

헌터 등급만으로 치면 그가 더 강했으니까.

"후우우. 박효원이 내가 누군지 아나?"

"아니. 구마준 대장님께선 철저히 너를 보호하셨어. 잠
입요원이 있다는 것과 얻은 정보 등만 전달했지, 너는 가상
프로필로 보호해주셨다."

구마준은 생각보다도 더 나를 아꼈던 거 같다.

급격히 성장하는 모습을 보고 더욱 내게 맘이 갔겠지. 같
은 헌터로서.

헌데 그런 그가 지금은 바닥에 차갑게 널브러져 있었다.

"후아아아."

공허한 분노가 느껴졌다. 누군가의 체스 놀음에 이렇게
쉽게 내가 아는 사람이 죽어야 하다니.

"일단 일어나. 그 푸른 화상은 치료가 가능한가?'

"아니. 이미 마나가 역류해서 치료가 불가하다. 초기에
잡으면 모를까, 이미 늦었어."

"내가 상황을 늦춘 거라면 미안해. 내 입장에선 어쩔 수 없었어."

"아냐. 잘한 거야, 준후야. 네가 그렇게 안 했으면 분명 널 두 번째로 쏘고 나도 자살했을 거다. 영문도 모르고 말이지."

"하아."

결국 김창준도 곧 죽을 터였다.

지금 가디언즈에 대한 기억을 재워봐야 나중에 깨워줄 사람이 없었다.

앞으론 가디언즈에 대한 기억도 들고 다녀야 한다. 더욱 조심해야겠네.

"일단 움직여. 구마준 대장님의 시신을 수습하고… 남은 시간을 자유롭게 쓰도록."

내 말에 바닥에 굳어 있던 김창준이 벌떡 일어섰다.

이미 갑질로 그가 더 이상 위험하지 않음을 확인했다.

"이, 이런 일이 벌어지다니. 어제만 해도 소주에 고기를 먹은 사이인데. 내 손으로…."

김창준은 마나 역류로 인해 죽기 직전까지 충격에서 헤어 나오지 못할 것이었다.

구마준을 직접 죽였다는 사실도 상당히 심란한 요소겠지. 정신이 잔뜩 흔들린 상태일 것이다.

"이렇게 죽을 순 없다. 죽기 전에 최대한 모든 정보를 수집해서 네게 건네지. 박효원이 세뇌 능력자들과 한통속인지 말야."

"그래. 조심하고. 어차피 당한 거든, 한통속이든 박효원도 대놓고 움직이진 못할 것이다."

"알겠어. 대장님의 시신을 수습하지."

"잠깐."

마음이 불편했지만 말해야 했다.

이대로 구마준이 사라져버리면 곤란하다는 것을.

"노블립스에서 구마준 대장님을 죽이려 했어. 이렇게 된 이상… 저들이 원하는 걸 줘야 해. 안 그러면 계속 가디언즈에 보복을 하려 할 거야. 이번으로 끝낼지 의문이긴 하지만."

"하아…."

김창준이 눈시울을 붉히며 이마에 손을 댔다.

내 말이 맞다는 것을 그도 아는 것이다.

그럼에도 갑작스레 구마준을 내버려두기엔 맘이 쉽게 움직이지 않을 것이다.

"끄으으. 슬슬 어지러워지는군. 알겠어. 네 뜻대로 해라. 난 남은 시간동안 자료를 정리해서 네게 보내겠다."

"알겠다."

"무기는 놓고 가지. 말이 되야 하니까."

김창준과 씁쓸하게 눈인사를 했다.

그는 비틀거리며 야산을 내려갔다.

나는 검은 스마트폰으로 윤말중 패거리에게 전화를 걸었다.

"일을 어떻게 하는 겁니까! 당장 제가 찍어준 장소로 오세요! 이런 미친!"

한껏 소리를 지르며 세 중년을 소집했다.

세 중년은 당황한 표정으로 금세 내 앞으로 모여들었다. 채 20분도 걸리지 않아 나타났다.

당연히 끄나풀을 꾀어내는 작전은 중단됐다.

"이 자가 맞죠?"

"아니, 어떻게? 끄나풀도 없이 이 자를 잡은 겁니까? 게다가 머리에 구멍이 나서 죽어있네. 저 푸른 화상은···."

"저번에 찰스가 당한 건 아시죠?"

"그렇습니다. 애초에 그래서 이런 사단을 벌이는 거지요."

"아무래도 이 자 소행이었던 거 같습니다. 이번에도 먼저 알아차리고 저를 죽이려 했다고요."

"허!"

내 말에 중년 셋이 놀랐다는 표정을 했다.

구마준의 정보력이 대단하다는 기색이었다.

그들의 입장에선 구마준이 역으로 상황을 알아차리고, 나를 먼저 치려한 것처럼 보일 테였다.

"찰스 때처럼 헌터만 사용할 수 있는 무기로 절 죽이려 하기에, 역으로 자살하라고 했습니다. 제가 사회 서열이 좀 더 높아서 망정이었지."

파랗게 탄 구마준의 관자놀이를 내려다보며 중년들이 고개를 끄덕였다.

저들의 상식에서, 마나 무기는 헌터만 사용이 가능한 물건이었다.

내가 자살하라고 한 상황이 맞아떨어지는 것이다.

맘이 시끄럽고 구마준이 너무나 안타까웠지만, 나는 일부러 차갑고 딱딱한 표정을 지었다.

"잔치는 개뿔. 여러분이 일을 개떡 같이 해서 제가 죽을 뻔 했네요? 그것도 찰스 때처럼 헌터들 무기에. 그런 굴욕이 어디 있습니까!"

내 붉어진 표정을 보고 중년 셋이 고개를 숙였다.

이번엔 능글거리며 내 심기를 건드릴 때가 아니란 걸 아는 것이다.

어떤 처벌을 내려도 그들의 실수는 치명적인 것이었다.

"정말 죄송합니다. 이놈이 이렇게 빠르게 움직일 줄은."

"앞으로 주의하겠습니다. 벌을 내리시면 달게 받겠습니다. 찰스 때도 이런 식이었나 보군요."

"정말 종잡을 수가 없구만. 온갖 잡재주가 많으니 신출귀몰하게 행동하나 봅네. 그래도 이렇게 마무리 되어 다행이지요."

중년 셋은 진심으로 내게 미안해하지 않았다.

그저 최대한 적절한 말을 골라 내뱉는 거 같았다.

"처벌은 나중에 이사님께 보고 드린 후 하도록 하죠."

"알겠습니다."

남궁철곤을 언급하자 중년들의 표정이 찌푸려졌다. 나는 만만하고 남궁철곤은 무서운가 보네.

"그 끄나풀의 사진과 이름을 넘기세요. 이 자 말고도 다른 내부 상황을 들여다볼 수 있으니."

"알겠습니다. 이 자입니다."

김덕수가 스마트폰을 가져와 끄나풀로 만들었다는 헌터를 보여주었다.

역시 구마준이 조심하라고 말한 인물이었다.

만약 박효원이 불순종자라면, 이 끄나풀을 이용해 역으로 내부를 탐색해보는 게 가능하려나.

일단 오늘은 현 상황에서 마무리를 지어야겠다.

더 이상 복잡한 일이 벌어지면 나조차 감당할 수 없을 거 같다.

"이 자의 시체를 처리하십시오. 노블립스에도 적절히 보고를 올리고. 저는 바빠서 그만 가보겠습니다."

"아유, 살펴 가십시오!"

"다음엔 저희가 제대로 술자리를 만들어보겠습니다!"

"연락 주시라요!"

중년들을 뒤로 하고 야산을 내려왔다.

그러면서 가쁜 숨을 내뱉었다.

비록 오래 본 사이는 아니었지만 구마준은 내게 고마운 인연이었다. 애초에 가디언즈에 날 영입시켜준 것도 그였다.

가디언즈가 아니었다면 내게 주어진 유일한 길은 노블립스 뿐이었을 것이다.

그럼 지금보다 더 심적으로 피폐했겠지.

"후우우우!"

김창준도 어딘가에서 외롭게 죽어가겠지.

띠링.

-준후야. 아래 주소로 가 봐. 내가 모은 자료와 구마준 대장님이 따로 빼놓은 정보를 숨겨놨어. 갑자기 이렇게 돼서 미안하다. 구마준 대장님이 가장 믿는 부대장이 앞으로 널 담당할 거야. 도예지 부대장님이시다.

마침 김창준이 주소와 도예지의 연락처를 보내왔다.

앞으론 구마준 대신 도예지와 연락하면 될 것이다. 가디언즈 내부 조사도 그녀가 도와주겠지.

-이제 들어갑니다. 잠시 볼 일을 보느라 늦었네요.

-아닙니다. 일단 말씀하신 대로 술 한 잔을 돌리고 있습니다. 어서 오셔서 자리를 빛내주시면 됩니다. 다들 사장님을 뵙고 싶어 합니다.

속이 시끄러웠지만 최여진이나 가족에게 돌아갈 여유가 없었다.

계속해서 다음 일정으로 움직여야 했다.

"어서 오십시오, 사장님!"

"손님들이 기다리십니다!"

"안내 해."

올림푸스로 이동해 VIP룸에 진입했다.

지시한 대로 진석철이 식구 간부들을 전부 모아놓은 상태였다.

"아, 안녕하십니까! 진짜 듣던 대로 어리시네."

"반갑습니다, 사장님!"

진석철은 나를 올림푸스 사장으로 소개했다. 그 외 노블립스 내의 관계는 당연히 말하지 않았을 것이다.

"반갑습니다. 투자 건 때문에 모였다고 들었습니다."

"맞습니다! 저희가 쩐이 좀 모자라서 말이지요."

"저희 쪽 클럽도 영 테이블은 안 나가고 입장료만 찔끔씩 모여서요. 어린놈들이 주로 와서 그런가! 장소 이전을 하면 나아질 거 같습니다."

조폭들은 투자를 받을 생각에 한껏 들뜬 모습이었다. 진석철이 제법 그럴싸한 말로 간부들을 꼬드겨 모은 듯 했다.

나는 주욱 조폭들을 둘러보았다. 모두 들뜬 모습으로 양주를 퍼 마시며 떠들고 있었다.

내가 허락하면 곧장 아가씨들을 부를 기세였다.

쨍그랑.

"씨바! 무슨?"

바닥에 글라스 잔을 던져 깨트렸다.

"전부 앉아요."

내 말에 요란하던 간부들이 일제히 제자리에 착석했다.

나는 차분히 테이블 위에 올라가 앉았다.

당황한 간부들이 부지런히 눈알을 굴린다.

원래는 손발이 먼저 움직이는 자들인데, 지금은 그러지 못하니 혼란스러울 테다.

"나만 그런 건가."

"나도야."

간부들이 서로를 쳐다보며 떨리는 목소리로 말했다.

다음으로 시선이 몰린 곳은 나였다.

내가 앉으라고 한 이후로 꼼짝 못하는 것이었으니 당연히 나를 주시하게 됐다.

"자, 조사할 게 있어서 그러니 다들 얌전히 협조하세요. 뭐, 이러나저러나 상관없지만."

어차피 갑질을 마구 뿌려댈 것이다.

조폭 간부들의 의사나 태도는 중요하지 않았다. 그들에게 반항하거나 거부할 방법은 없다.

그저 내가 묻는 대로 얌전히 대답하는 게 전부였다.

"자, 쭉 봅시다."

내 명령에 진석철 역시 자리에 앉은 상태였다. 그는 상황의 내막을 알기에 당황하지 않고 침묵하고 있었다.

"진회장님. 이게 어떻게 된 겁니까?"

"저 사장이라는 자는 대체 뭡니까?"

"설마 헌터인가 하는, 그런 괴물입니까? 진짜 몸이 안 움직인다고! 악!"

"개씨바! 어쩐 지 어린 게 부자다 싶었어!"

조폭들이 앉은 상태로 시끄럽게 항의를 했다.

그 모습이 꽤나 우스웠다.

그래도 몸을 움직일 수 없어, 나름 욕설을 자제하며 조심하는 것이었다. 저들 딴에는. 내가 어찌 나올지 몰랐으니 말이다.

"모두 조용. 두 손을 허벅지에 붙이세요."

내 말에 시끄러워지던 조폭들이 일순간 조용해졌다. 책상을 손으로 내려치던 자들도 얌전해졌다.

이제 할 수 있는 건 고개나 눈알만 굴리는 정도였다.

"제가 질문을 던진 사람만 대답하도록 하세요."

나는 주욱 조폭들을 둘러보았다.

그야말로 서열이 천차만별이었다.

예상대로 모두 진석철보다 서열이 아래였다. 딱 하나만 제외하고는 말이다.

"흠. 당신은 왜 진석철 씨보다 서열이 높죠?"

"무슨 말이지요?"

올백 머리를 한 젊은 조폭이었다.

하얗고 뚜렷한 인상을 가진 사내였다. 여자 꽤나 울렸을 거 같은데.

"아, 이렇게 물어보면 모르려나. 그럼, 혹시 석철 씨 식구 말고 다른 곳에 몸담고 있습니까?"

"예."

젊은 조폭의 말에 모두가 급작스레 놀랐다.

가장 놀란 것은 대답한 본인이었다. 대놓고 자신이 다른 식구 소속이라 말했으니.

"진석철 씨가 말해보세요. 이 자가 조직에서 어떤 역할입니까? 여기 온 거 보면 그래도 한 자리 하는 거 같은데."

"허! 너 이 씹새끼! 네가 쥐새끼였다니. 반반하고 잘 쳐서 거두었는데!"

"진석철 씨. 제가 시간이 남아도는 게 아닙니다. 흥분하지 말고 제가 시키는 대로 하세요. 이 자가 어떤 역할입니까?"

내 갑질에 진석철이 급격히 흥분을 가라앉혔다.

그리곤 시킨 대로 젊은 조폭에 대해 말하기 시작했다.

"원래 클럽 바운서인데 눈빛이 맘에 들어서 일을 몇 번 시켜봤습니다. 그래서 저 자리까지 키워준 겁니다. 뭔가 범상치 않다 했는데, 이중생활을 하고 있었을 줄이야! 어쩐지 신입 치고 빠삭하더라니!"

"씨바! 이건 모함이야! 이게 어떻게 된 거야!"

다시 젊은 조폭에게 시선을 던졌다.

기분이 정말 묘하다.

덩치는 물론 인상까지 더러운 남자들을 주변에 앉혀놓고 하나하나 심문을 하는 상황이라니.

사교클럽 조명 때문에 더더욱 기괴한 분위기가 연출됐다.

"자, 원래 소속된 식구가 어디입니까."

"부산 육룡파입니다."

"허! 육룡파?"

젊은 조폭의 대답에 진석철이 다시금 흥분했다.

내가 곧장 진석철에게 물었다.

"유명한 곳입니까?"

"지금은 와해된 곳입니다. 제가 작업해서 담근 족보 식구 중 하나입니다. 잔챙이들이 남은 거였나."

"너. 그냥 식구를 옮긴 건가? 왜 진석철 씨 아래로 들어왔어? 자세히 설명해 봐."

젊은 조폭에게 물었다.

이번에도 놈은 순순히 본인이 아는 사실을 털어놓았다. 눈빛이 한껏 격앙된 모습이었다.

"당연히 담그고 우리 회장님 복수하려고 들어왔지! 호빠에서 건져주셔서 날 키워준 아버지 같은 분이시다. 저런 머리 벗겨진 뱀 새끼한테 당하다니! 저 새끼 목과 돈을 가져다가 지금 숨어있는 식구를 되살리려 했다. 난 육룡파의 제2 행동대장이었어. 예전에 진석철 저 놈 따위는 그저 우스웠지. 회장은 개뿔!"

"복수 때문이라고?"

"그렇다! 아아아악!"

"이제 입 다물도록."

내 말에 젊은 조폭이 다시 입을 다물었다.

검지로 놈을 척 가리켰다.

"일단 한 놈 잡은 거 맞죠? 얘 아래에 있는 애들도 줄줄이 조사하면 될 겁니다."

"캬. 알겠습니다. 역시 서열이 높은 갑질이 최고인 거 같군요."

짝!

박수를 쳤다. 그러자 모든 조폭 간부의 시선이 내게 몰렸다. 그들은 지금 상황이 어떻게 돌아가는지 추측조차 못할 것이다.

바쁘게 머리를 굴리겠지만 끝내 이해하지 못할 테지.

"한꺼번에 묻겠습니다. 여기서 진석철 씨에게 앙심을 품거나, 불순한 의도로 식구에 가입한 간부는 손을 들어주세요!"

마치 행사를 진행하는 거 같았다.

그 내용은 매우 살벌한 것이었지만.

척. 척.

간부 넷이 한꺼번에 손을 들었다. 갑질한 대로, 철저히 정직하게 반응한 것이었다.

넷 중 하나는 아까 그 젊은 조폭이었다.

"후."

한꺼번에 여러 명에게 갑질을 해서 그런지, 포인트 소모가 적지 않았다.

그래도 그간 틈새의 정수를 꾸준히 모아 위태로울 정도는 아니었다.

예전에 퀘스트에서 받은 포인트도 펜던트에 꽤 남아있었고.

"만족하십니까, 진석철 회장님?"

씩 웃으며 진석철을 바라보았다.

진석철이 연신 고개를 끄덕이며 동경하는 눈빛을 보냈다.

"예! 역시 대단하십니다! 한 번에 깔끔하게 해결된 거 같습니다. 저 쥐새끼들은 오늘 밤 시멘트 통에 포장 되서 강바닥을 구를 겁니다."

"뭐, 그렇게까지 자세히 얘기하지 않으셔도 됩니다. 별로 제 취향이 아니라."

"아아! 깔끔한 편이시군요, 하하. 저, 부탁 하나를 더 드려도 될까요? 대신 나중에 성심껏 모시겠습니다!"

슬슬 자리를 벗어나려는데 진석철이 다급히 물어왔다.

"뭔데요."

"혹시 저 쥐새끼 셋도 어떤 연유에서 저를 배신하려 했는지 물어봐주실 수 있나요?"

완전 인터뷰가 따로 없네.

곧 죽을 자들의 유언을 듣는 기분이다. 강제로.

"휴우. 그러죠. 돕기로 한 거니 제대로 돕겠습니다."

"역시 이사님께서 추천해주신 상사 분답습니다! 사정을 알아야 역추적해서 다른 쥐새끼들도 엮을 수 있거든요."

"압니다. 자, 시작하죠."

젊은 조폭을 생략하고 다른 간부 셋을 심문했다. 그러자 꼼짝없이 모두 자신의 속내를 털어놓았다.

"저런 한심한 새끼보단 내가 낫지! 원래 내가 왕좌를 탈환하려고 식구에 들어왔다!"

"족보 있는 조폭은 나쁜이야! 이 식구는 내가 이끄는 게 맞아! 저 육룡파 새끼도 기어 들어와 있는 줄은 몰랐어. 개 같은."

"나도 저 새끼가 재낀 조직원의 막내 동생이다. 피는 피로 갚아줘야지! 꼭 잘 나가던 가족만 중요하던 게 아니잖아?"

제법 다양한 사연들이었다.

물론 딱히 관심이 가는 건 아니었다.

"자, 진석철 사장님만 움직이세요. 나가서 미리 준비를 하세요. 무슨 말인지 알죠?"

"아, 물론입지요! 정말 감사드립니다! 열심히 모시겠습니다!"

진석철이 씩씩하게 일어나서 허리를 90도로 수그렸다.

그리곤 전화기를 꺼내들며 급히 밖으로 나갔다.

내가 간부들의 기억을 지워주면, 급작스레 배신자들을 쳐서 빠르게 상황을 정리할 것이다.

그리 되면 원래 바라던 대로 안정적인 조직을 가질 수 있게 되겠지.

"자!"

테이블에서 내려가 바닥에 안착했다.

그리곤 매니저에게 사람 수에 맞춰서 아가씨들을 불러오라고 시켰다.

"여러분은 제가 글라스 잔을 바닥에 던진 이후의 일을 모두 잊도록 하세요. 알겠죠? 대신 한껏 취해서 신나게 놀던 중이었다고 생각하십시오. 곧 들어올 아가씨들과 즐겁고 예의 바른 시간 보내시면 됩니다!"

그렇게 말하고 유유히 VIP룸을 빠져나왔다.

곧 간부들의 신나는 말소리가 들려왔다.

모든 작업은 성공적이었다.

진석철은 배신자 간부들의 아지트에 인원을 뿌려놓고 기다리겠지. 뒤처리는 이제 그의 몫이다.

"후."

약속한 일을 끝냈으니 잠깐 휴식하기로 했다.

집으로 가는 길에 서점에서 책을 샀다. 운전면허 시험을 준비하기 위함이었다.

펜던트에 갑질 포인트를 저장하고, 0포인트 상태에 접어들었다.

"음."

슥 보니 한 번 만에 전부 암기해버렸다.

이 정도면 당장 시험을 봐도 되겠는데.

시험 신청에 시간이 걸리려나.

"접수해주세요."

"네, 김준후님. 서류 받았습니다. 신분증 제시해주세요."

아깝게도 시간이 지나 당일 응시는 물 건너갔다.

내일 방문해 학과 시험과 기능 시험에 도전해야지.

"안녕히 가세요."

"네."

정신적인 피곤함이 느껴졌지만 초인의 힘으로 금세 극복
했다. 마나를 한 번 온 몸에 돌리면 몸이 새 것이 되는 거
같았다.

올림푸스 수석 매니저에게 전화를 걸었다.

"혹시 제가 지목하는 지역에서 식당 하나 인수해줄 수
있습니까?"

내 물음에 수석 매니저가 의아하다는 듯이 되물었다.

─식당이요? 그냥 밥 먹는 진짜 식당 말하시는 겁니까?

워낙에 별난 질문이라, 수석 매니저는 내가 업계 특수 용
어를 사용하는 줄 알았나 보다.

"예. 진짜 식당이요. 가급적이면 운영이 어렵지 않은 쪽
으로요. 브런치 집이나 카페도 괜찮고. 직원은 많이 둘 거
니까."

-음. 아, 알겠습니다.

"현금은 걱정하지 않아도 되니 빨리 알아봐 주세요. 더 얹어줘도 돼요. 그냥 빨리만 알아봐줘요."

-네, 사장님. 지시한 대로 처리하겠습니다.

수석 매니저는 일을 잘하는 직원답게 굳이 귀찮은 질문을 던지지 않았다.

내일 중으로 아마 좋은 매물을 들고 올 것이다.

현금으로 결제해 버리고 어머니를 그곳에 보내드려야지.

이미 현금을 좀 드려서 일을 나가시진 않는다.

로또에 당첨됐다고 설득해 놓기도 했다.

억 단위를 드렸으니 부족하진 않을 테다.

어머니는 저번에 일을 쉬고 싶지 않다고 하셨다. 설사 돈이 넉넉하더라도. 이왕 일을 할 거면 사장님 대우를 받게 해드려야지.

"저 왔어요!"

"아유! 우리 준후 왔니!"

본가로 돌아가자 어머니가 반갑게 날 맞아주셨다.

저번에 자세한 갑질을 해드린 덕분에, 어머니는 완전히 새집에 적응하신 듯 했다. 표정이나 옷차림이 한껏 편해진 모습이다.

보자 하니, 체조를 하며 TV를 보고 계셨네.

"하하!"

"왜 그러니?"

"여유롭게 계신 게 보기 좋아서요."

"어머, 애도."

어머니가 민망해하면서도 즐겁게 웃으셨다. 까마득히 오랜만에 즐기는 여유가 싫지 않으시겠지.

"다 네 덕분이다. 속상한 일만 있어서 그간 참 슬펐는데, 이렇게 큰 복이 주어지는구나. 로또가 될 줄이야."

"다 아들이 효자인 덕이죠."

"아유, 물론이지, 우리 아들!"

너스레를 떨어도 어머니는 잘 받아주었다.

나도 어머니 옆에 앉아 TV를 봤다.

그러면서 생각을 정리했다.

"음."

구마준이 죽어버렸다.

대신 이제는 가디언즈 부대장인 도예지와 연락을 하기로 했다.

김창준마저 사라졌으니 이제 기억을 잠재울 수도 없다.

항상 가디언즈와 노블립스 둘 다를 생각할 수 있게 됐으나, 동시에 심문을 당할 시 곧장 정체가 탄로 날 것이다.

장단점이 확실했다.

"후우."

"왜 그러니?"

"아니에요. 아까 먹은 게 소화 되느라."

"아아."

적어도 둘 중 하나를 택하기엔 편리해진 거 같다. 항상 둘 다를 염두에 두고 비교할 수 있으니.

남궁철곤을 만나고 노블립스에 호감이 많이 생기긴 했으나, 최근은 그 호감이 많이 깎여나갔다. 중년 셋이나 노블립스의 정당화 같은 이면들을 본 뒤로.

"흠."

구마준을 죽인 게 정말 노블립스 회원이었을까.

김창준이 마지막 시간을 희생해 자료를 따로 빼났다고 한다.

나는 스윽 자리에서 일어났다.

아직 잠에 빠지려면 시간이 좀 남았다.

"어디 가니?"

"네. 잠시 친구 좀 만나고 올게요!"

"저녁 먹고 가지."

"그러죠, 뭐!"

오랜만에 어머니의 따뜻한 집밥을 먹고 본가를 나섰다.

이제 구마준과 김창준이 남긴 자료를 살펴볼 차례다.

그럼 두 조직을 비교하기가 더 쉬워지겠지.

종국엔 선택을 해야할 때가 올 것이다.

김창준이 일러준 장소로 이동했다.

낡은 빛이 도는 교외 지역의 빌라 공간였다. 그가 알려준 대로 문 옆에 놓여 있는 잡동사니 더미를 뒤졌다.

맨 아래에 있는 화분에 녹슨 열쇠가 담겨 있었다.

철컥.

빌라 문을 열어젖히고 안으로 들어갔다.

아무도 사용하지 않는 주거 공간인 듯, 먼지 쌓인 낡은 가구들이 가득했다.

누군가 머물렀던 흔적도 없었다.

"음."

공간의 미묘한 우울함을 재치고 안방으로 들어갔다.

다음으론 곧장 옷장으로 향해 조심스레 그걸 열어젖혔다.

기익.

열어젖힌 옷장은 텅 비어있었다. 대신 옷장 내부에 네모나게 틈이 나 있었다.

김창준이 보낸 문자 중 일부를 다시 읽어보았다.

"으음."

마나를 불어넣으라고 돼 있다.

일반인이나 갑질 능력자는 건드리지 못하게 하려고 그랬던 거 같다.

스으으으.

손을 대고 마나를 뽑어냈다.

활성화하지 않은 거친 재질의 마나였다.

우웅.

잠시 네모난 틈에 푸른빛이 감돌았다.

털컥.

그러더니 옷장 벽을 덮고 있던 나무판이 툭 떨어져 나왔다. 나무판 뒤는 합판으로 매워져 있었다.

그 부분 역시 가스를 뿜으며 열렸다.

"음."

이런 평범한 공간에 이토록 은밀한 금고를 숨겨놓다니. 역시 구마준다웠다.

"보자."

구마준과 김창준이 남긴 자료를 꺼내들었다.

혹시나 싶어 0포인트 상태에 진입했다. 학습 능력과 자료 분석은 분명 상관관계가 있는 개념이었으니.

"역시."

쭉 읽어보니 내 예상이 맞았다.

노블립스에서 일방적으로 구마준을 암살한 게 아니었다.

구마준은 가디언즈 내부의 누군가를 조사하고 있었다. 그것도 가디언즈 한국 지부 내를 말이다.

한국 지부장 박효원.

그 자가 가장 유력한 용의자다.

가디언즈 간부들 몇몇의 차명 계좌로 흘러들어간 거액의 검은 돈. 그리고 포착된 의심스러운 정황들 및 보고되지 않은 외출들.

"으."

구마준은 확실한 내막을 밝혀내진 못한 듯 했다.

그 전에 의심 받던 자들이 먼저 알아차리고 움직인 듯 했다.

확실한 건, 갑질 능력자가 연루돼 있다는 것.

남궁철곤보다 서열이 위이려나.

아직 노블립스 소속인지 아닌지조차 모른다.

적어도 김창준보다 서열이 높다는 건 확실하다.

"후으."

털컥. 웅!

일단 자료를 집어넣고 비밀 금고를 다시 닫았다.

재차 마나를 불어넣자 전처럼 평범한 옷장 내부 벽면이 됐다.

기익.

옷장을 닫고 빌라를 빠져나왔다. 열쇠는 내가 가지기로 했다.

"도예지 부대장."

김창준의 기나 긴 문자 마지막 줄엔 연락처가 하나 포함돼 있었다.

도예지의 연락처라고 한다.

곧장 그녀에게 전화를 걸었다.

아마 내 기억이 맞다면, 짧은 훈련 기간 중 내게 암살 및 기습을 교육해주었던 교관이었다.

"여보세요."

―누구시죠.

"구마준 대장님이 편의 봐주시던 김준후입니다. 저번에 가디언즈 지하 기지에서 암살 및 기습을 직접 배웠는데, 기억하시나요?"

―아아, 네. 준후 군. 대장님께서 유별나게 칭찬을 많이 하셔서 기억하고 있습니다. 많은 도움이 되어주고 계시다 들었습니다.

"아, 대장님께서 좋게 생각해주셔서."

―그런데 혹시 대장님의 행방을 아시나요? 급하게 자리를 비우시곤 연락이 안 되는데. 창준이도 마찬가지고요.

"아……. 사실 정확히 어떤 일이 벌어졌는지 직접 목격했습니다. 전화론 말씀 못 드려요."

―그럼 여기 기지로 모실까요?

"아뇨. 본사나 지부가 모르게 몰래 빠져나오세요. 제가 주소를 찍어드릴게요."

―음. 알겠어요.

부대장답게 도예지는 눈치가 빨랐다. 일일이 캐묻지 않고 곧장 대답했다.

―그럼 곧 뵙죠.

한껏 무거워진 목소리를 보니 도예지도 어느 정도 예상한 거 같았다.

도예지에게 곧장 주소를 보내주었다.

"후."

빌라에 다시 들어가 기다렸다.

똑똑.

약 30분 후, 빌라 문을 누군가 노크했다. 조용히 다가가 문의 유리 구멍으로 문밖을 바라보았다.

"저예요."

도예지의 목소리와 얼굴이 맞았다.

철컥.

잠근 문을 열고 도예지를 들여보내주었다.

"어떻게 된 일이죠?"

많이 심란했던 듯 도예지가 인사도 없이 곧장 물어왔다. 머리카락을 검게 물들였네. 지난 번에 볼 땐 밝은 갈색이었던 거 같은데.

"음. 얘기가 좀 길어질 거 같아요."

"괜찮아요. 아무도 모르게 나왔어요. 굳이 CCTV까지 돌려서 저를 찾진 않을 거에요. 저희 팀은 외근이 많으니까."

"다행이네요. 그럼 충격 받지 말고, 차분히 들어주세요."

내 말에 도예지가 결연한 표정을 지었다.

나는 한숨을 내쉰 후 그간의 일을 모두 말해주었다. 문제가 될 부분들은 모두 걸러서.

얘기를 들은 도예지의 표정은 매우 암울했다.

"대장님이……."

"저도 막을 여유가 없었습니다. 김창준 씨도 저항할 방법이 없었구요."

"정말 박효원 지부장님이?"

"와서 이걸 좀 보세요."

도예지를 비밀 금고로 이끌었다. 구마준이 믿을 만한 최측근이었다고 하니 이 정도로 정보를 공유하는 것이다.

여차하면 갑질로 제압해버리면 된다. 기억을 지우고 돌려보내도 되고.

서열은 나보다 아래였다.

"자, 구마준 대장님과 김창준 씨가 마지막으로 모아둔 자료입니다."

"허."

도예지가 경악하며 자료를 훑었다.

"내부에 이런 썩은 종자들이 많았다니. 믿을 수 없어요."

"대장님이 보호 차원에서 도예지 씨한텐 말하지 않았나 봅니다. 김창준 씨와 둘이 진행했던 거 같아요. 오늘 같은 일이 있을까봐."

"그런가 보군요. 고마워요. 믿고 이런 정보를 공유해줘서. 방금 겪은 일이라 많이 혼란스러울 텐데."

"대장님이 믿는 사람이라고 하셔서요."

내 말에 도예지가 처음으로 눈물을 보였다. 그만큼 그녀는 구마준과 끈끈한 동료애를 쌓아왔던 거 같다.

"대체 왜 대장님을……."

"혹시 어떻게 해야 할지 아시나요? 정말 죄송하게도, 제가 밤에는 활동을 못합니다. 피치 못할 사정이 있어서."

"저도 바삐 움직이도록 하죠. 일단 한국 지부는 못 믿습니다. 본사를 통해야 해요."

"중국이나 일본 지부도 못 믿나요?"

"당연히 한국 지부장과 관계가 돈독하겠죠. 결국엔 얘기가 들어가고, 노출될 겁니다. 게다가 일본은 야쿠자, 중국은 삼합회와 결탁했다는 얘기가 돌고 있어요."

"그럼 제가 도울 부분은요?"

알고 싶었다.

가디언즈가 썩었다면, 과연 근간이 잘못된 건지 아니면 일부만 썩은 건지.

노블립스는 확실히 조직의 특성 자체가 달랐다.

상하 조직이 분명하고, 위 사람이 아래 사람의 모든 속내를 심문할 수 있었다. 그래서 상하 간의 비밀 따윈 없었다.

대신 조직의 아젠다 자체가 나를 머뭇거리게 했다. 리더십이라기 보단, 무조건적 선민주의의 냄새를 풍겼다.

반면 가디언즈의 아젠다 자체는 사회 질서 유지로써, 그 자체로만 보면 무난한 정의였다.

대신 가디언즈는 부패가 깃들 틈이 많았다.

"일단 제가 따로 조사를 진행하고 더 상황을 공유하죠. 김준후 씨는 더더욱 몸을 사리세요. 박효원이 죽이라고 지시했다면, 부패한 자들의 눈에 거슬리는 존재란 뜻이에요."

"제가 갑질 능력자에 각성자란 것도 알겠죠?"

"네. 본사에 그 정도 보고는 올라갔으니까요."

앞으로 더 행동을 조심해야한다.

노블립스에 결코 각성자란 걸 들키면 안 된다.

상황이 조금 더 어려워졌다.

만약 노블립스와 가디언즈 사이에 내통하는 불순종자가 있다면, 더더욱 그 사이에 있는 나 역시 위험하게 된다.

"창준이가 없어졌으니 안전책이 많이 줄어들었군요. 일단 제가 아티펙트를 여럿 구해드릴게요. 꼭 하고 다니세요."

"알겠어요."

다행히 서열이 많이 올라 남궁철곤이 아닌 이상 갑질로 위험에 처할 일은 없었다.

물론 남궁철곤 외에도 더 강한 갑질 능력자가 존재할 가능성이 있긴 했다. 한국 안으로만 따져도 말이다.

"그럼 전 가볼게요. 고마워요, 준후 씨."

"아니에요. 뭔가 더러운 것이 있다면, 꼭 밝혀내고 싶습니다. 제가 애초에 가디언즈에 가입한 이유가 있으니까."

"알겠어요. 그럼 몸 조심해요. 준후 씨 얼굴을 본 팀원들은 다음에…… 같이 조취를 치하도록 하죠."

"무슨 말씀인지 알겠습니다."

팀원들이 기억하는 내 얼굴과 이름, 목소리 등을 지우자는 얘기였다. 그게 팀원들의 신변에도 좋긴 할 거다.

도예지가 척 내 어깨에 손을 올려주곤 눈빛을 보냈다.

다음으론 검은 생머리를 휘날리며 빌라를 빠져나갔다. 특수 훈련을 받은 여헌터답게 뭔가 묘한 향기와 분위기를 흘린다.

충격을 받았을 만한도 한데 감정에 휘둘리지 않고 머리가 쌩쌩 돌아간다.

"흠."

나는 한숨을 내쉰 뒤 자취집으로 돌아갔다.

곧 수능이었다.

인터넷 강의를 잔뜩 결제했다. 몇백만원 단위로.

[0포인트 상태에 접어듭니다.]

혹시나 싶던 생각이 있었다.

보통 강의나 책이라면 결국 내용 전달 속도에 한계가 있었다. 물론 책을 이해하는 속도는 무지막지했다.

헌데 효율적이지가 않았다. 0포인트 상태의 재능에 비해선.

-5배속 설정.

인터넷 강의를 다운받아 개별 프로그램으로 속도를 높였다.

"오."

이해가 됐다.

5배속으로 강의를 들어도 모든 내용이 선명히 들렸고, 내용이 곧장 이해되고 암기됐다.

게다가 인기 강사의 강의 동영상이라 학습 효과가 엄청 났다.

"하하."

수능도 문제없겠네.

-그럼 다음 시간에 봐요. 오늘도 수고 많았어요!

예쁜 여강사의 마지막 동영상을 모두 시청했다.

이로써 한 과목을 완벽히 독파했다.

수능 범위로 말이다. 물론 주요 과목은 아니긴 했다.

"으!"

오랜만에 0포인트 상태에 걸맞은 난이도와 내용이었다.

항상 힘이 세서 모든 게 시시하다가, 오랜만에 근육통을 느껴본 기분이랄까.

역시 0포인트 상태에서 얻는 천재성은 그냥 천재성이 아니었다. 초월적인 본질에 닿는 천재성이었다.

나는 즐거운 기분으로 잠에 빠져들었다.

눈을 뜨자 다시 화끈한 열기가 느껴졌다.

그와 함께 두 손에 이질적이고 기괴한 신경이 뻗쳤다.

아무리 봐도 손가락이 열 개이다 집게손과 촉수 손을 가지게 되는 건 불쾌한 경험이다.

"불라락."

허나 1층에 비하면 모든 게 나아진 상황이다.

나는 감사하는 맘을 가지기로 하고 다시 구석 쪽으로 이동했다.

언덕을 올라 가 주욱 15층을 둘러보았다.

여전히 수많은 동상들이 건축되고 있었다.

"불룩?"

그러던 중 눈에 띄는 동상 하나가 보였다.

얼핏 보면 다른 동상들과 큰 차이가 없었지만, 치켜든 집게 손 끝에 두꺼비집이 들려 있었다.

"불락!"

누가 건설했는지 감이 왔다. 나는 급히 다리에 신경을 불어넣었다.

[2성 각성.]

쿠드드득.

약간 다른 동상이 세워진 곳으로 이동했다.

중간에 다른 마물들을 만나긴 했지만, 덩치 차이가 엄청난 덕분에 강제로 일에 끌려가진 않았다.

감독관 마물이 소환하기 전, 집게손으로 그들의 몸을 동강낼 수 있는 정도였으니.

"불락."

"자! 다들 힘들겠지만 계속 일합시다! 중요한 일이에요!"

"감독관님. 다른 분들에 비해서 더 온화하게 일을 이끌어주시는 건 감사합니다. 근데 저 집게 손 끝에 이상한 부분은 대체 뭡니까?"

"제겐 중요한 일입니다. 계속 따라주세요."

"잘못하다간 태양의 화를 살 수가 있습니다."

"저 정돈 괜찮을 거에요."

역시 내 예상이 맞았다. 달텅이 나를 찾아내기 위해 동상을 세워 신호를 보내고 있던 것이다.

동상의 형태를 바꾸는 건 금기시 된 사안일 텐데. 다행히 다른 동상에 비해 큰 편은 아니라 적발되진 않은 거 같다.

"달텅!"

다가가 감독관 마물에게 말을 걸었다.

그러자 달텅이 집게손과 촉수손을 바닥에 댔다.

프리프로그 식 예절표현법이었다.

"불라라락! 드디어! 카몬님. 정말 애타게 기다렸습니다. 역시 이번에도 멋진 모습으로 나타나셨군요!"

"어서 동상을 터뜨려라. 가야할 곳이 있어."

"불락. 곧장 따라가지요! 모두 동상에 불을 뿜어라! 작건 크건 같이 협력하라!"

"불라락!"

달텅의 명령에 수십의 마물들이 동상에 붙어 불을 뿜었다.

＊

달텅의 명령에 곧 동상이 폭발했다.

다행히 아직까진 동상의 형태를 보고 문제를 삼으러 오는 존재는 없었다.

"불라락! 식사 시간이다!"

"모두 편리하게 식사하라! 이제 무리를 해산한다. 다른 감독관을 찾아가도록! 그동안 수고 많았어!"

"불루룩! 감독관님. 대체 왜 저희를 버리시는 겁니까. 저흰 감독관님이 좋습니다!"

"불라락! 아쉽습니다! 가지 마십시오!"

놀라운 일이었다. 다른 감독관 마물들은 휘하 마물들에게 원수 같은 존재였다.

그런데 여기 마물들은 달텅을 진심으로 따르고 있었다. 그가 떠난다고 하자 되레 붙잡을 정도였다.

방금 보기에도, 달텅은 다른 감독관들과는 차별화된 리더십을 보여주었다.

"미안하다. 난 해야 할 일이 있어."

"불락. 태양의 부름이군요."

"그렇다면 이해해야지요. 불룩."

실상은 태양이 아니라 나를 따르는 것이었다.

"그럼 건투를 빈다, 모두들. 기억해라. 몸 사리는 게 최선이야. 위험하다 싶으면 곧장 웅크려!"

"알겠습니다! 불라락!"

달텅을 이끌고 조용한 바위 산 아래로 이동했다.

"대단하구나, 달텅. 감독관이 돼 있다니."

"불락, 감사합니다. 카몬님은 역시 무시무시하시군요. 벌써 우월자가 되셨다니 말입니다. 강해지시는 속도가 정말 빠른 거 같습니다."

"불라락. 그러게 말이다. 헌데 어떻게 한 것이냐?"

"무엇이 말입니까?"

"아까 마물들이 너를 열심히 따르더구나. 다른 감독관 마물들은 그런 충성심을 얻지 못했는데."

"아아. 짧게나마 프리프로그의 철학을 적용시켜 봤습니다. 다 같이 일하고, 다 같이 쉬고. 공평하게."

"불라라락! 기특하구나!"

한 번 더 놀랐다.

달텅이 모험심이 강한 마물인 줄은 알았지만, 이 정도로 철학을 소화하고 실천할 줄은 몰랐다.

역시 대단한 놈이다.

"감사합니다! 이제 뭘 하면 될까요?"

그럼에도 나를 따를 땐 참으로 순종적이다. 이런 놈이 어디서 튀어나온 거지.

낮에도 던전에서 존재하는 걸 보면 아쉽게도 인간의 영혼을 가진 건 아닌 듯 했다.

"보여줄 것이 있다. 아주 놀라운 발견이야."

"불락. 3층 대포처럼 신나는 요소겠군요."

"그러하다. 헌데 태양에게 충성을 맹세한 것이냐? 감독관 마물이 되려면 소환을 할 줄 알아야 될 텐데."

"그렇습니다. 다른 감독관 밑에서 일을 하고 있는데, 태양이 말을 걸어왔습니다."

"신기하구나."

"다른 제약은 없었느냐?"

"네. 그저 선택받은 자로써 본분을 다하라고 했습니다."

"그렇구나…."

상황이 애매하게 됐다.

결국 난 15층의 태양을 죽여야만 한다. 그래야 위로 올라갈 수 있을 테다.

헌데 달텅이 태양의 심복이 되었다고 한다. 날 찾기 위한 방법이 동상을 세우는 것뿐이라고 판단했겠지.

뭔가 상충하는 상황이 생기지 않을까 걱정됐다.

일단은 신중하게 움직여봐야지.

"불락. 우월자들이 구석에 있군요?"

"그래. 잠시 조용히 하고 있어 보아라. 대단한 걸 보여주마."

"기대하겠습니다."

[파이어 엔리멘탈 소환.]

"콰아아아아!"

불을 뿜어 거대한 소환체를 불러냈다.

[변형: 뱀 형태.]

잔뜩 강화를 한 덕분에 파이어 엔리멘탈의 형상을 바꿀 수 있었다.

지금은 너무 눈에 띄는 거인의 형상이었다. 신기하게도 인간을 닮은.

그래서 납작한 뱀 형태로 만들었다.

"불락! 태양이 보낸 수호 마물이십니까!"

-그우웅.

처음 보는 형태의 파이어 엔리멘탈에, 구석 공간을 지키던 우월자가 깜짝 놀랐다.

-크아!

콰직.

허나 채 대답을 듣기도 전에 거대한 불 뱀에게 몸통이 아작 나고 말았다.

[소환체 귀환.]

콰우우우.

"놀랍습니다. 저렇게 거대한 소환체는 본 적이 없습니다. 우월자의 특권인 건가요?"

"아니. 태양과는 아무런 연관도 없는 힘이다. 곧 비밀을 알려줄 것이다. 가자."

"네, 카몬님!"

으깨진 우월자의 시체를 지나쳐 더 깊숙한 구석으로 이동했다.

회오리바람이 들려오는 걸 보니, 적절한 지점에 도달한 거 같다.

"자, 달텅. 내가 이제부터 동상과는 완전히 다른, 허나 원리는 똑같은 구조를 일러줄 것이다. 그걸 그대로 보고 따라 만들면 돼."

"따르겠습니다! 두꺼비집 때 같군요!"

"그래."

카몬에게 다이너마이트 제작법을 알려주었다.

손수 암석들을 모아 다이너마이트를 제작했다.

"불락락!"

내 노련한 손짓을 보고 달텅은 한껏 감탄하는 표정을 지었다.

"뭔가 상당히 단순하고 작군요. 그래서 더 신기합니다. 만드는 과정이 꽤 복잡한 거 같았는데!"

달텅이 다이너마이트를 보고 신기해했다.

과연 다이너마이트는 작은 원통형 구조를 하고 있었다.

복잡하고 거대한 동상에 비하면 아무 것도 아닌 것처럼 보였다.

대신 효율성이 극대화 된 물건이지.

"콰아아아!"

불을 뿜어 다이너마이트를 달군 다음, 그것을 쓰레기더미에 던졌다.

지난번에 작업했던 곳과는 다른 공간이었다.

쾅!

짧고 간결한 폭발음.

"자, 가보자."

[불타는 집게손 활성화.]

치이이익.

급하게 돌 그물채를 만들어냈다. 그리곤 녹아내린 폐기물을 그물채로 휘저었다.

"보이느냐!"

"불락! 불락! 주홍구슬! 이럴 수가. 태양은 분명 자신의 과거를 본 딴 동상을 통해서만 구슬을 만들 수 있다고 했습니다."

"거짓말이다."

"불렉! 이럴 수가. 어쩐지. 카몬님을 찾기 위해서 동상 일부를 수정했었습니다. 그래도 주홍 구슬이 나오기에 신기해했죠."

"너도 감독관이라 어느 정도 알아차렸겠지?"

"네. 만드신 작은 물건에 동상의 제작 방법이 어느 정도 들어간 거 같았습니다."

"맞았다. 이 방법을 쓰면 더 빠르게 폭발을 일으킬 수 있어."

"불락. 놀랍군요. 역시 카몬님답습니다. 아예 스스로 길을 찾으시다니."

계속 놀라하는 달팅을 한 번 더 놀래어주기로 했다.

"네 소환체를 불러내 보거라."

"알겠습니다. 콰아아아!"

내 제안에 달텅이 자신의 파이어 엔리멘탈을 불러냈다. 내 것에 비하면 굉장히 작고 약한 소환체였다.

"자, 이제 파이어 엔리멘탈을 쓰레기 더미로 내려가게 해봐."

이번에도 달텅은 순순히 내 말에 따랐다.

"잘 보거라. 콰아아아!"

휙! 쾅!

다이너마이트의 폭발이 달텅의 파이어 엔리멘탈을 잡아 먹었다.

"카몬님!"

달텅이 깜짝 놀라 외쳤다.

"기다려 보거라."

사아아아.

검은 연기가 거두어지자, 좀 더 성장한 파이어 엔리멘탈 이 모습을 드러냈다.

역시 공통적인 원리다.

파이어 엔리멘탈은 제대로 된 폭발에 노출될 경우, 피해 를 입긴 커녕 되레 성장한다.

"설마 제 소환체가 성장한 겁니까?"

"그렇다. 계속할수록 더더욱 강해진다."

"불락락! 대단합니다! 태양도 말해주지 않을 걸 알고

계시다니.”

“이제 다이너마이트를 만들자.”

“작은 동상을 그렇게 부르는군요.”

“그렇다.”

불타는 집게손을 들고 달텅과 바위산으로 향했다. 이제 본격적으로 다이너마이트를 제작할 차례다.

집게손이 더 많으면 좋을 거 같긴 하다.

하지만 보안 상, 일단 달텅만 다이너마이트 제작에 끼워 주기로 했다.

콰각, 콰각!

둘이서 열심히 암석을 캐냈다.

강력한 소환체 둘을 앞세운다면, 태양에게 도전할 만 하지 않을까.

꽤 오랜 시간이 흘렀다.

물론 흐른 시간에 비해 이뤄낸 성과는 어마어마했다. 소환체 기준에서 말이다.

쾅! 쾅!

[강화 성공! 파이어 엔리멘탈+35로 등극했습니다! 파이어 엔리멘탈의 극강으로 강해져, 크기 압축 능력과 아바타 효과 능력을 각성했습니다.]

[크기 압축 – 육중해서 이동이 불편하던 파이어 엔리멘탈이 자유자재로 몸을 압축할 수 있게 됐습니다. 몸을 압축할 경우, 초월 화염으로 몸이 구성됩니다.]

[아바타 효과 – 소환체를 귀환시켜 몸에 품었을 때, 소환체의 힘을 10% 본인의 힘으로 누리게 됩니다.]

"불락!"

크기 압축은 그렇다 해도 아바타 효과는 정말 엄청난 능력이었다.

소환체를 품고 있는 상태에선 나도 소환체의 힘을 일부 쓸 수 있었다.

1할이 큰 비율은 아니었지만, 워낙에 소환체가 강해 그런 걱정을 할 필요가 없었다.

"불락. 제 소환체도 제법 커진 것 같습니다."

달팅의 소환체도 많이 성장한 모습이었다.

시스템적으로 알 수 없어 정확하진 않았지만, 형태와 크기를 봐서 얼추 +5강화에 성공한 듯 했다.

그 외에도 다이너마이트를 100개 정도 제작한 상황이었다.

"불라락. 카몬님의 소환체 정도라면 웬만한 우월자는 그냥 없애버릴 수 있을 거 같습니다."

"물론이다. 하지만 내가 결국 도전할 대상은 태양이다."

"불렉! 역시 이번에도 위로 올라가시려는 거군요."

"그렇다. 지치거나 머물고 싶다면, 언제든지 말해도 좋다.

달텅. 강제로 데리고 올라가진 않을 거야. 위험할 테니까."

"불락. 아닙니다. 계속 갈 겁니다. 죽는 한이 있더라도. 계속 층이 바뀌니 기분이 묘하긴 합니다. 이제 몸에 대해 크게 호들갑을 떨지 않는 느낌이랄까."

"불렉. 너도 그렇게 느꼈구나."

역시 달텅도 육신에 관해 초연해지고 있었다.

나그네처럼 층을 거슬러 올라가는 자들만의 감정이었다.

"불라락! 여기다!"

"여기 있어!"

"찾았습니다! 태양 모독자들입니다!"

"불레렉!"

다시 다이너마이트를 던지려 하는데, 언덕 한편에서 마물들의 시끄러운 고함 소리가 들렸다.

휙 돌아보니 100여 마리가 몰려든 모습이었다.

개중엔 우월자들도 더럿 끼어 있었다.

"당장 멈춰라! 태양 모독자들이여!"

아무래도 불법 폭발을 일으킨 게 탄로 난 거 같다.

하지만 대체 어떻게.

구석진 곳에서 작업했고, 그간 목격한 자는 없었다.

"태양의 눈을 피할 수 있을 거라 생각했나?"

"이런 곳에서 몰래 작업을 하고 있었다니!"

"불을 이용하면서도 태양을 모독하다니! 은혜도 모르는 자식들!"

마물들은 잔뜩 분노한 상태였다. 그들은 진심으로 태양 모독을 증오하는 듯 했다.

딱히 그들에게 해줄 말이 없었다.

그저 싸우는 것이 유일한 선택지였다.

다행히 내 소환체는 충분히 강하다.

"파이어 엔리멘탈. 가서 쓸어버려."

-그우우웅!

[변형: 늑대 형태.]

화르르르르!

파이어 엔리멘탈이 화염을 뿜으며 마물 무리에게 달려갔다.

"공격해 온다!"

"무, 무슨! 태양의 수호 마물이다!"

"대체 어떻게! 어떻게 태양의 모독자가 태양의 수호 마물을!"

"빨리 대응해! 잘못하다간 다 죽는다고!"

마물들이 거대하고 이질적인 파이어 엔리멘탈을 보고 심히 당황했다. 크기는 물론 처음 보는 늑대 형태이기 때문이었다.

형태 변환을 위해서, 나는 그저 심상으로 그 모습을 떠올리기만 하면 됐다. 그러면 파이어 엔리멘탈이 실제 그 형태로 모습을 바꿨다.

-크와아아아!

화르르르!

불의 늑대가 앞발을 척 휘둘렀다.

"불레에엑!"

"불렉!'

그러자 마물 수십 마리가 순식간에 녹아내렸다.

-크와아아!

이번엔 불을 뿜었고, 마찬가지로 우월자는 물론 일반 마물들까지 전부 불에 녹아내렸다.

단 두 번의 공격으로 100마리 가까운 마물들이 전멸했다.

과연 극강으로 강화된 파이어 엔리멘탈의 저력다웠다.

-그만.

적을 모두 처리한 줄 알았는데, 즉각 옆에서 고등하고 거대한 목소리가 들려왔다.

이상하다. 달텅이 서 있던 곳인데.

-건방지구나. 내 몰래 저 정도로 파이어 엔리멘탈을 키우다니!

"달텅?"

-네 친구가 아니다. 짐이 곧 태양이니라!

"제기랄!"

달텅은 육신을 장악당한 상태였다. 감독관이 되는 조건 중 하나인가 보다.

태양이 미리 말하지 않은 대가.

태양이 달텅에게 빙의한 상태였다.

게다가 달텅의 소환체가 내게 두 손바닥을 겨누고 있었다.

❖

잘못하면 픽 죽어버릴 상황이다.

달텅도 걱정됐지만, 당연히 가장 급한 건 내 안전이었다.

그렇다고 달텅을 죽일 수도 없는데.

빠르게 계산을 마쳤다.

탁!

"여기 있는 소환체를 없애버려!"

-크아아아!

불의 늑대가 한 번에 도약해 달텅의 소환체를 집어삼켰다.

당연히 소환체는 집어삼켜지기 전 내게 불덩이를 뿜었다. 나를 죽이기 위해.

하지만 미리 몸을 날린 덕에 다치지 않았다. 명령을 내리는 동시에 몸을 던졌으니.

[변형: 해파리 형태.]

화르르륵!

"저 놈을 가둬!"

-그우웅.

불의 해파리가 얼른 다리를 뻗어 달텅의 육신을 감쌌다. 이제 달텅의 육신은 꼼짝없이 갇힌 신세가 됐다.

덕분에 내가 역으로 태양이 빙의된 달텅을 제압한 상황이 왔다.

-크하하하! 놀랍구나. 제법 소환체를 능숙하게 다루는군.

"네가 태양이라고? 달텅을 놓아주어라. 어차피 그 몸으로 할 수 있는 건 없어."

-놀랍구나. 내게 종속되지 않은 소환체가 있다니? 이게 말이나 되는 상황인가. 옛날 생각이 나는걸. 크흐흐.

태양이 불의 해파리를 올려다보며 감탄했다.

-게다가 이런 형태는 본 적이 없는데…. 넌 대체 어디서 온 존재인 것이냐.

"확실히 15층은 아니지. 이제 네가 질 차례다."

-허! 과연 새로운 태양이 뜰 차례인가! 허나 순순히 질 생각은 없다. 마땅히 취해 보거라! 크하하하!

태양은 불의 존재답게 성격이 호전적이었다.

말은 저렇게 해도 절대지지 않는다는 확신을 가지고 있었다.

-제법 귀여운 소환체를 만들어냈다만, 글쎄!

"대체 날 어떻게 찾아낸 거지? 원래 선택 받은 자들을 전부 감시할 수 있나?"

-웬만한 15층에는 전부 시야가 닿는다! 태양의 권능 중하나지. 크하하! 단지 네 놈의 불순한 태양 모독은, 소환체

강화로 알아차린 것이다. 항상 모든 곳에 시선을 둘 순 없어서 뒤늦게 알아차린 것일 뿐!

소환체 강화라.

태양은 내 소환체가 자신에게 종속되지 않아 신기하다고 했다.

말 그대로 능력을 흡수해 소환한 것이었으니, 당연히 태양에게 등록돼 있지 않을 것이다.

반면 달텅의 소환체는 확실히 태양에게 종속 혹은 등록돼 있었다.

그럼 강화를 할 경우 원격으로 신호가 가는구나.

-궁금하구나. 네 놈의 소환체가 과연 얼마나 대단한지! 내게 도전하려면 이 정도는 해야 하지 않겠나?

"무슨 소리를 하는 거야?"

"저기있다!"

-그우웅!

"잡아라!"

이번엔 감독관들이 단체로 몰려왔다.

그 숫자가 수십에 달했다. 당연히 대동하고 온 파이어 엔리멘탈의 숫자도 수십이었다.

-그우웅.

-크하하하! 어디 죽어라 싸워보아라! 오랜만에 좋은 구경을 하겠구나!

털컥.

태양이 빙의를 거두고 물러났다.

나를 죽이려다 실패해, 본체로 돌아간 것이다. 달텅은 기절하듯 땅에 쓰러졌다.

"죽여라! 태양 모독자다!"

"진짜 불 맛을 보여줘라!"

−그우우웅!

수십의 파이어 엔리멘탈이 달려들었다.

나는 얼른 다리를 움직여 쓰레기 더미에 숨었다.

그러면서 쓰레기 더미 안에서 소리쳤다.

"싸그리 불태워버려라! 파이어 엔리멘탈!"

−캬아아아!

불의 늑대가 흉포하게 울었다. 놈의 입에서 뿜어져 나오는 화염이 거의 천장에 닿을 정도였다.

−그우웅!

−캬아!

수십의 파이어 엔리멘탈이 일제히 불의 늑대에게 화염구를 쏘아 보냈다.

펑! 펑!

과연 피해가 없진 않았다.

−크롸!

하지만 불의 늑대가 한 번 발을 휘두를 때마다 감독관의 소환체가 셋씩 증발했다.

온도 자체가 다른 것이다.

"계속 퍼부어라! 모독자의 수호 마물일 뿐이다!"

"빨리 죽여버려! '

-그우웅!

쾅! 쾅!

점점 피해가 누적되고 있었다. 감독관의 소환수들이 난사하다싶이 화염구를 뿜어내는 중이었다. 나는 쓰레기 더미에서 원격으로 신호를 보냈다.

[크기 압축.]

화륵!

내 소환체가 한순간에 보통 크기로 줄어들었다. 그 결과 몸이 초열 화염으로 뒤덮였다. 심심치 않게 푸른빛이 감도는 모습이다.

"이 무슨!"

-그우웅.

푸른 파이어 엔리멘탈이 발바닥에서 폭발을 뿜었다.

그러면서 미칠 듯한 속도로 적의 목덜미에 도달했다.

펑!

다이너마이트처럼 짧고 굵은 폭발 한번이면 금세 대상 파이어 엔리멘탈이 소멸했다.

-그우웅!

"너무 빠릅니다! 맞출 수가 없어요!"

"제길! 맞춰라! 맞추란 말이다!"

-그우우웅.

푸른 파이어 엔리멘탈은 크기가 줄어든 대신 전투력이 배로 상승했다. 아무리 다른 소환체들이 화염구를 쏘아도 한 대도 맞지 않았다.

반면 자신은 폭발로 순식간에 위치를 바꾸며, 차근차근 적 소환체의 머리를 터뜨렸다.

화르르륵!

"불레에에엑!"

"불레렉!"

소환체를 모두 제거한 뒤, 내 파이어 엔리멘탈이 네이팜 화염을 뿜었다.

그러자 주변에서 시끄럽게 떠들던 감독관 마물들이 한순간에 녹아내렸다.

ㅡ그우우웅!

승리를 자축하듯 파이어 엔리멘탈이 푸른빛을 뿜으며 포효했다.

[소환체 귀환.]

콰아아아.

얼른 소환체를 불러냈다. 그러자 아바타 효과에 의해 내 갑각에 붉은 빛이 돌았다.

텅! 텅!

그에 더해 집게손에서 화염구를 뿜고, 촉수에서 화염 채찍을 휘두를 수 있게 됐다.

15층 마물을 상대할 때 엄청나게 유용할 것이다.

내 덩치도 보통이 아니었으니.

콰웅! 치이이익!

"이런!"

태양이 위기를 느꼈는지, 멀찍이서 광선을 쏘아 보냈다.

15층 대기를 가르고 쏘아진 광선은 매섭게 땅바닥을 지졌다.

나는 얼른 달텅을 집어 들고 쓰레기 더미로 몸을 던졌다.

치직!

광선이 조금 닿긴 했지만, 아바타 효과의 붉은 보호막 덕분에 피해를 면할 수 있었다.

화르륵!

쓰레기 더미를 불태우며 더더욱 깊숙한 곳으로 내려갔다. 이제 15층 전체가 내 적이다.

15층을 관장하는 태양이 나를 적대하게 됐다.

14층 번개 기둥이 나를 단순 관찰한 데 반해 굉장히 호전적인 반응이었다.

"후아! 달텅! 정신을 차려라!"

"아, 카몬님!"

"그래. 괜찮느냐?"

"그렇습니다."

"미안하지만 잠시 널 가둬야겠다. 태양이 네게 빙의를 했었어. 전에 한 계약 때문인 거 같아."

"네. 저도 몸을 뺏긴 걸 느꼈어요! 어서 조취 해주십시오."

달텽은 고맙게도 곧장 내 반응을 이해했다.

우린 현재 지하 공간에 들어와 있었다.

조금씩 들썩이는 땅을 보니, 초대형 마물 거북이의 등껍질 안인 듯 했다.

"저어, 누, 누구십니까?"

"우, 우월자다! 우릴 죽이러 온 거야!"

"불레에엑!"

갑자기 여러 마물들의 목소리가 들려왔다.

자세히 보니 매우 작은 마물이 혼비백산하며 요란을 피는 것이었다.

"모두 멈춰라! 콰아아아!"

"불레에에엑!"

내가 뿜어낸 화염에 잠깐 등껍질 아래가 밝아졌다.

생각보다 거대한 틈이었다.

실상은 초대형 마물 거북이의 살갗과 등껍질이 어느 정도 벌어진 곳이었다. 우리한텐 동굴보다 거대한 곳이었지만.

"너희들은 뭔데 여기 숨어 있는 거지?"

쭉 둘러보니 작은 마물들이 수천 마리씩 몰려 있었다.

범상치 않은 곳인데.

"저, 저희들은 태양에게 미움을 받은 자들입니다."

"다행히 너무 작아서 추적당하진 않았습니다. 죽기 전에 얼른 등껍질 아래로 도망쳤지요."

"너무 무섭습니다. 아까 전에 태양의 목소리를 들은 거 같았습니다!"

이곳은 일종의 유배지 같은 곳이구나.

태양을 피해서 숨어 들어온 자들이 숨어 사는 곳인가 보다.

"용케 아직까지 살아있구나."

"여기론 태양의 영향이 미치지 않거든요. 그가 이곳을 보지도 못하고, 이곳에선 그의 힘이 닿지도 않습니다."

"정말이냐?"

"그렇습니다. 불룩."

작은 마물들이 꽤 유용한 정보를 전달해주었다.

등껍질 아래에선 태양을 걱정하지 않아도 된다는 것이다.

그래서 저토록 작은 마물들이 수천씩 살아남은 건가!

"달팅. 한 번 소환체를 불러내 봐."

"분부대로 합지요! 콰아아아!"

달팅이 불을 뿜었다. 그런데도 소환체가 나타나지 않았다.

[파이어 엘리멘탈 소환.]

"콰아아아!"

"불레에에엑!"

"불렉!"

반면 내 소환체는 멀쩡하게 그 푸른 모습을 드러냈다.

피난처 마물들은 더더욱 공포에 질려 소리를 질렀다.

"그만! 나는 너희들을 해칠 생각이 없다. 그러니 시끄럽게 굴지 말도록!"

"불렉?"

"저, 정말입니까?"

"그러고 보니… 불만 뿜어도 우릴 깡그리 죽이실 수 있는 분이잖아."

"나는 태양을 죽일 생각이다. 그러니 너희들을 해할 생각은 없어!"

"불라라락! 태양을!"

"저 정도 수호 마물이라면 불가능할 겁니다!"

놀라하는 마물 중에서 그래도 덩치가 제법 큰 마물이 나아왔다.

갑각이 잔뜩 낡은 것이, 수명이 다해가는 자인 듯 했다. 적어도 달텅 정도론 컸다.

"전 이 그늘 진 곳의 수장입니다. 불쌍하게도 태양에게 미움 받은 자들을 이끌고 있지요. 원래는 저도 감독관이었습니다."

"그래? 그런데 태양을 배신하고 이리로 온 건가."

"그렇습니다. 가끔 태양이 이유 없이 화를 내는 때가 있습니다. 그 때, 제가 거느린 일꾼들을 구워먹고 싶다고… 제물로 바치라고 하셨지요."

"그래서 여기로 도망친 건가?"

"운이 좋았습니다. 저도 꽤 오랜만에 소환체를 보는군요. 푸른빛까지 감돌다니, 정말 대단한 감독관이신가 봅니다. 잠깐. 어떻게 여기서 소환을?"

"말했지만 나는 태양을 죽일 생각이다. 평범한 감독관이아냐. 태양에게 충성을 맹세한 적이 없다."

탁탁!

내 말에 늙은 마물이 땅을 집게손으로 두 번 내리쳤다.

"모두 받들어라! 바로 떠오르는 태양이시다!"

"불라라락!"

"불라라락! 새로운 태양이 뜰지니!"

"기다려왔습니다! 언젠간 새로운 태양이 떠오를 거라 믿어왔습니다! 제가 까마득히 어릴 때, 지금의 태양이 이전태양을 죽이고 새로운 시대를 열었습니다."

늙은 마물은 보기보다도 훨씬 오래 산 듯 했다.

그래서 유용한 정보는 물론 실 사례까지 알고 있었다.

"그 광경을 봤나?"

"정말 어릴 때라 가물가물하지만, 그 화려했던 전쟁을기억합니다. 이전 태양과 지금 태양, 둘 다 정말 강력했죠."

"내 소환물로 지금 태양을 이길 수 있을 거 같은가? 아까안 된다고 했던 거 같긴 한데."

혹시나 해서 물었다.

"불행히도… 힘들 거 같습니다. 얼마나 큰지는 모르겠지만, 지금 태양은 보랏빛이 도는 파이어 엔리멘탈을 부렸습니다."

"보랏빛이라."

아직 갈 길이 멀다는 거군.

더 강화를 해야겠다. 태양이 여기까진 추적해오지 않겠지.

적어도 당장은. 아직까지 이곳이 무사한 걸 보면 태양은 피난처가 있단 걸 모르는 듯 했다.

늙은 마물 말대로 시야나 영향력이 닿지 않았으니.

"그런데 여기서 어떻게 식사를 계속했지?"

문득 궁금해져 물었다.

"이 곳을 막고 있는 쓰레기 더미가 충분했습니다. 이곳에서도 암석은 충분하거든요. 또 동상 형태가 아니어도, 공식만 맞다면 제대로 된 폭발을 일으킬 수 있습니다."

"그래, 그렇지. 일단 우리도 여기에 머물겠다."

"얼마든지 그러십시오."

이곳에서 강화를 반복해야겠다.

그간은 저 피난처의 마물들과 지내야겠지.

시간이 꽤 오래 걸릴 거 같은 기분이 들었다.

달텅과 둘이서 15층 전체와 태양을 상대하기엔 아직 역부족이다.

이전과 달리 일찍이 최고 권력자에게 찍혀버렸다.

그렇다면 마땅한 수준으로 힘을 갖출 수밖에.

생각보다 시간이 많이 흘렀다. 2주나 말이다.

거의 2주 가까이 나는 등껍질 아래에서 강화 작업만 계속해야했다.

딱히 힘이 들진 않았지만, 굉장히 지루하고 반복적인 시간이었다.

다행히 피난처 마물들이 다이너마이트 제작을 도와 효율만큼은 좋았다. 나는 그저 지시를 내리고 피난처 마물들이 제작해준 다이너마이트를 연속적으로 파이어 엔리멘탈에게 던지면 그만이었다.

하지만 강화 수준이 올라갈수록 강화 확률이 내려갔다. 그래서 시간이 오래 걸린 것이었다.

"불루룩. 확실히 다이너마이트라는 게 훨씬 좋긴 하군요. 저희가 구안한 불집보다 훨씬 효율적입니다."

낮에도 참 많은 변화가 있었다.

끝내 나는 수능을 봐서 수석으로 S대에 합격했다. 여진이도 당당하게 고득점을 해 나와 동문이 됐다.

다행히 노블립스나 가디언즈에 별다른 일은 없었다.

도예지는 조사를 계속하는 중이었으며, 진석철은 조직을 완전히 정리해 이제 전쟁을 벌일 준비를 마쳤다고 했다.

남궁철곤에겐 별다른 연락이 없었다.

여진이와 중간에 사소한 문제로 다투긴 했지만, 이번엔

갑질을 사용하지 않고 내가 그냥 자존심을 접고 사과를 해서 해결했다.

"불루룩."

필요하다고 판단하지 않았기 때문에.

당시엔 감정이 더러웠지만, 지금 와서 생각해보면 뒤탈이 없어서 참 좋다.

마지막으로, 난 도예지가 구해다주는 틈새들로 인해 이제 C+급 헌터의 반열에 올랐다.

쾅!

"불룩. 이번엔 성공해라! 부디!"

"태양이 새로 뜨는 데는 상당한 인내가 필요하군요."

내 고유 길드는 운영하지 않기로 했다. 구마준이 죽은 연유로 조직 결성에 차질이 생겼다.

[강화 완료! 파이어 엔리멘탈+101로 등극했습니다! 궁극의 화염을 띄게 됩니다!]

화르륵!

인내 있게 시간을 보낸 덕분에 마침내 파이어 엔리멘탈이 보라색 화염을 두르게 됐다.

그에 더해 두 주먹은 이제 검은빛까지 띄게 됐다.

"이 정도면 충분하겠지요? 수장님."

수장 마물에게 물었다.

"물론입니다! 이 정도면 태양에게 도전할 수 있을 겁니다. 아마 힘이 대등할 테고, 오랜 싸움이 계속되겠지요."

"음."

잠깐 생각을 정리했다.

각성한다고 해도 내가 직접 태양을 상대하긴 어려울 것이다.

결국 소환수끼리의 싸움이 될 테지. 둘의 힘의 격차는 거의 없다고 봐도 무방할 거다.

그럼 비등해진 동안 태양을 공격할 방법이 없을까. 길게 전쟁을 벌이는 도박 따윈 하지 않을 것이다.

답답한 등껍질 밖으로 나간다면, 확실히 이길 수단을 갖추고 나가고 싶다.

"왜 그러십니까?"

"아직 한 가지 준비가 남았습니다. 모두 좀 도와줄 수 있습니까? 태양을 죽이기 위한 일입니다."

"물론이지요. 저희도 밝은 곳에서 살아보고 싶습니다. 태양을 죽이는 일이라면 얼마든지!"

"불라락! 얼마든지 돕겠습니다!"

마물들이 한껏 나를 지지했다.

"좋습니다. 그럼 이제부터 구조를 설명할 테니, 저를 거들어 도와주십시오! 총 2가지 구조를 만들 겁니다. 하지만, 거기에 들어가는 부품은 수백, 수천 개가 될 수도 있습니다."

"얼마든지요!"

"불락! 드디어 이 답답한 곳을 빠져나가는 건가!"

잔뜩 고취된 마물들을 이끌고 본격적으로 공사를 시작했다. 그간처럼 다이너마이트를 던져 단순히 강화만 하는 것과는 다른 개념이었다.

콰각! 콰각!

"어서 움직이자!"

"새로 뜨는 태양을 위하여!"

오랜만에 지하 피난처에 활기가 감돌았다.

나는 쓰레기 더미로 다가갔다.

곧 나갈 수 있다.

새로 뜨는 태양으로서.

모든 준비를 끝마친 후 피난처 마물들과 쓰레기 더미를 빠져나왔다.

"불라라락!"

"불렉! 드디어!"

"이거야! 이 따뜻함! 눈이 다 시리네!"

피난처 마물들이 한껏 흥분했다. 정말 오랜만에 햇빛을 보는 것일 테다.

물론 태양은 반갑지 않겠지.

"곧 태양이 눈치 채고 초장거리 광선을 쏠 겁니다! 모두 벙커에 올라타세요!"

준비한 두 가지 구조 중 하나는 대형 벙커였다.

불로 지지면 강해지는 암석을 찾아내, 쇠에 가깝게 달구고 강화한 구조였다. 태양을 완전히 버텨내진 못해도, 한동안은 시간을 벌어줄 것이다.

[크기 변형.]

[변형: 거북이 형태.]

화르르르르!

궁극의 소환체를 최대 크기로 변형시켰다.

그러자 산 정도가 아니라, 산맥만한 초대형 소환체가 드러났다. 보랏빛을 띠는 궁극의 파이어 엔리멘탈다웠다.

"파이어 엔리멘탈! 짐과 벙커를 등에 실어라!"

-그우우웅!

파이어 엔리멘탈이 등껍질에서 화염 줄기를 뻗어벙커를 집어 들었다.

화르륵!

그리곤 자신의 등껍질을 열더니 그 안에 벙커를 집어넣었다.

"불락! 놀랍습니다!"

"여러분은 안전히 계시다 제가 지시를 내리면 즉각 부품을 조립해주시면 됩니다!"

"알겠습니다! 불라라락! 우리가 새로 뜨는 태양을 섬기게 되다니!"

"우리가 새로운 시대의 첫걸음이다! 불락락락!"

나와 달팅, 피난처 마물들은 모두 안전히 파이어 엔리멘탈의 몸 안으로 들어왔다.

파이어 엔리멘탈의 세심한 온도 조절 덕분에, 벙커와 우린 녹지 않고 오로지 따뜻함만을 느꼈다.

-그우우웅.

추가로 파이어 엔리멘탈이 짐칸 역시 등껍질 안에 실었다. 이제 태양에게 향하면 된다.

"가자! 파이어 엔리멘탈!"

-그우우웅!

"드디어 태양이 죽는 모습을 보겠구나!"

"불라라라락!"

초대형 파이어 엔리멘탈이 육중하게 움직이기 시작했다.

쾅쾅거리며 크게 바위산을 넘었다.

굳이 둘러갈 필요가 없었다. 워낙에 거대해서 그냥 발길로 바위산을 쳐내면 그만이었다.

콰웅!

"보호막을 둘러!"

우우우웅.

우리 존재를 알아차린 태양이 초장거리 광선을 쏘아 보냈다.

천장 중앙에서 창 같은 광선이 날아와 파이어 엔리멘탈을 때렸다.

웅!

하지만 태양 광선은 파이어 엔리멘탈의 보호막을 깨트리지 못했다. 아무리 쏴대도 소용이 없었다.

궁극의 소환체다운 체력과 방어력이었다.

"계속 가자!"

구석 쪽에서 성큼성큼 태양에게 다가가는 중이었다. 그간의 인내가 시원하게 보상 받는 기분이었다. 아직은 이르지.

"태양 모독자다!"

"공격하라!"

"죽여라! 불태워라, 파이어 엔리멘탈!"

태양이 상당히 위기를 느꼈나 보다. 감독관 수천 마리가 몰려들어 마구잡이로 우릴 공격했다.

수천의 파이어 엔리멘탈이 점처럼 작아 보이는 화염구를 날렸다.

우우웅.

당연히 내 불 거북이는 충실히 몇 천 단위로 쏟아지는 화염구를 막아냈다.

초대형 크기로 힘을 분산했는데도 푸른빛이 감돌 정도로 강한 소환수였으니.

"다 불태워버려라!"

-그우우웅!

내 명령에 불 거북이가 땅을 쾅 내리쳤다.

그 여파로 뿜어져 나온 화염에 수십 마리가 죽어나갔다.

-그우우웅!

화륵! 화륵!

그에 더해서 불 거북이가 등껍질의 기운을 덜어내 포격을 하기 시작했다.

곳곳에 푸른 네이팜 불기둥이 쏟아져 내렸다.

"불레에에엑!"

"대체! 이건 태양이 뒤지지 않는 강함이다!"

"불렉!"

"모두 도망쳐! 우리 힘으론 역부족이야!"

쾅! 쾨과광!

폭격되는 네이팜 화염에 수백의 마물이 녹아내렸다.

매 번 네이팜 불기둥이 땅을 칠 때마다 눈에 띄게 적들이 줄어갔다. 흔적도 없이.

"불라라락! 맛이 어떠냐! 새로운 태양의 힘이시다!"

"불락락! 내가 다 통쾌하네! 잘난 척 하던 놈들!"

피난처 마물들이 한껏 통쾌해했다.

-그우우웅!

불 거북이가 힘을 모으더니, 한순간 주변의 파이어 엔리멘탈을 모두 흡수해버렸다. 자석처럼 그저 쏙 빨아들였다.

그 강력함이 정말 놀라울 정도였다.

타 소환수를 흡수해 피해를 회복할 줄이야. 내가 아는 그 이상의 기술과 화력을 지닌 듯 했다.

"불룩."

문득 고민했다.

그냥 회오리바람을 타고 지금 올라갈까.

그러면 계속해서 불 거북이의 강력함을 부릴 수 있을 터였다.

"불렉."

하지만 곧 옳지 않다는 결론이 나왔다.

당장 16층은 어떻게 해도, 끝내는 육신을 바꾸지 않은 선택에 대한 부작용이 나올 거 같았다.

게다가 16층에서 15층 마물의 몸으로 16층 1위를 죽여도 신분상승 한다는 보장이 없었다.

-그우우우!

결국 태양을 죽여야 한다는 결론이 나왔다.

"거의 다 왔습니다!"

"이제 덤벼드는 마물들이 없습니다!"

"불락락! 태양이 겁을 먹은 게로구나!"

더 이상 덤벼드는 감독관 마물이 없었다.

당연히 덩치만 큰 우월자들도 모습을 보이지 않았다.

이는 태양의 실수였다.

강화법을 비밀로 한 덕분에, 그를 섬기는 선택받은 마물들은 죄다 평범한 파이어 엔리멘탈을 지니고 있었다.

설사 만 단위로 모인다 해도 간신히 불 거북이에게 피해를 주는 정도일 것이다. 나의 필승이었다.

콰아아아!

태양에 가까워지자 놈이 한껏 열기를 토해냈다.

하지만 이번에도 불 거북이는 잘 버텨주었다.

쿠르르르.

태양이 뒤틀리며 하나의 얼굴을 드러냈다. 15층 서열 1위의 얼굴이었다. 놀랍게도 드러난 얼굴도 인간의 것에 가까웠다.

-놈! 서열이 많이 올랐구나! 광선에 녹아버린 줄 알았는데 그런 모습으로 나타날 줄이야! 크하하하! 놀랍구나, 놀라워!

[카몬 - 15층 - 2위.]

그간 지하에서 당연하게도 서열을 올려왔다.

태양을 죽이자마자 내가 태양이 되기 위하여.

"파이어 엔리멘탈! 벙커와 짐을 내려놓고 태양을 상대해라!"

-그우우웅!

화르르륵!

불 거북이가 뜨겁지 않은 화염 줄기로 벙커와 짐칸을 내려놓았다.

조용히 수장 마물에게 속삭였다.

"이제 조립을 시작해 주십시오. 잘 보이지 않는 언덕 밑에서 하셔야 안전할 겁니다. 태양이 눈치를 채면, 빨리 벙커 안으로 숨어 드십시오!"

"알겠습니다! 모두 나를 따르라. 태양을 죽이는 일이

동참하라!"

"불라라라락!"

쿠쿵.

불 거북이가 벙커를 땅에 내려놓았다.

다음으론 짐칸도 멀찍한 곳에 안착시켰다.

"파이어 엔리멘탈! 태양에게 불을 뿜어라!"

–크아아아아!

불 거북이가 얼굴이 드러난 태양에게 불기둥을 쏘아 올렸다.

잔뜩 화력을 불어넣은 덕에 화염은 보랏빛을 띠었다.

–크아아악! 이런 건방진!

태양이 제법 타격을 입은 듯 했다.

–이제 전혀 귀엽지가 않구나! 가루까지 전부 불태워서 감히 태양을 모독한 죄를 묻게 하겠다! 나 다음의 태양은 없어! 내가 영원히 군림할 것이야!

태양은 분노하며 자신의 바로 아래로 불기둥을 내렸다.

이제야 속내를 드러내네.

콰아아아아!

진하도록 보랏빛을 띠는 불기둥이 거두어졌다.

스으으으.

그곳엔 보랏빛 인영이 서 있었다.

수장 마물이 말한 태양의 소환체였다.

–크아아아!

태양의 소환수가 울부짖었다. 그러자 15층 전역에서 붉은 기운이 흡수됐다.

뿌렸던 힘을 거두는 거 같았다.

[크기 압축.]

텅! 텅텅!

폭발을 뿜으며 내 소환수 역시 인간의 모습으로 되돌아갔다.

그리곤 마찬가지로 보랏빛을 띠었다.

-크하하! 놀랍구나! 그 정도는 돼야 내게 도전할 만하지! 어디 불의 축제를 벌여보자꾸나!

-크아아아!

-크롸아아!

두 보랏빛 파이어 엔리멘탈이 폭발을 뿜으며 서로에게 달려들었다.

꽈앙!

둘이 부딪치자 귀가 터질 듯한 굉음이 울려 퍼졌다.

두 소환수가 부딪치자 섬광이 터져 나왔다.

급히 몸을 수그려 내 스스로를 보호했다.

다행히 섬광의 범위는 그리 크지 않았다.

폭발 근원지만 뜨거울 뿐, 섬광 때문에 감각이 녹거나

타진 않았다.

퉁! 퉁!

극도로 압축된 충돌음이 들려왔다.

예상처럼 뜨거운 화염이 뿜어져 나오거나 엄청난 굉음이 들리지 않았다. 그저 묵직하게 공기가 터지는 소리만이 들렸다.

초월적인 소환수끼리의 대결이니 만큼 뭔가 이질적인 현상이 벌어지는 듯 했다.

퉁! 퉁퉁!

-그우우웅.

-그우웅.

중후한 소환수들의 신음 소리가 들려왔다.

그러면서 섬광이 더더욱 진득해졌다.

살짝 갑각 틈을 통해 밖을 내다보았다. 전혀 위험할 정도의 뜨거움이 느껴지지 않았다.

"불룩."

당연히 눈이 아파왔다. 대신 잠깐씩이나마 볼 수 있었다. 검게 물든 두 소환수의 그림자 같은 모습을. 매 순간마다 자세가 바뀌고 있었다.

섬광 속에서 수십 가지의 동작이 겹쳐보였다.

-그우우웅!

-크하하하! 정말 화려하구나! 옛날 생각이 나는군. 하지만 언제까지 불놀이에 빠져 있을 순 없지!

콰우우웅!

태양이 급격히 광선을 쏴 보냈다. 나는 몸을 웅크려 간신히 광선을 버텨냈다.

다음번엔 갑각에 금이 갈 것이다. 그것이 1위와 2위의 화력 차이였다.

"불루룩."

−크하하하! 도망가는 것이냐!

얼른 움직여 벙커 안으로 몸을 숨겼다.

이곳에선 당분간 버틸 수 있을 테지.

퉁! 퉁!

소환수들은 계속해서 자신을 불태우며 최대 화력을 뿜어냈다.

아마 모든 힘을 소진해 승자가 나올 때까지, 끊임없이 서로를 때려 부술 것이다.

그간 태양은 계속해서 날 공격할 테고.

콰우웅! 치이익!

태양에서 뿜어져 나온 광선이 천천히 벙커의 표면을 녹였다.

아무리 불에 단단해지는 암석이라도, 태양의 열기를 버티기엔 부족했던 거 같다.

예상 못한 바는 아니다.

[2성 각성.]

벙커 속에서 묵묵히 기다렸다.

태양은 계속해서 광선을 쏘아 보냈다. 그의 입장에선 당연한 판단이었다.

-감히 소환수를 키워 내게 도전하다니! 그리 하면 나와 대등할 거라 생각했느냐! 소환수는 제법 강하게 길렀다만, 그래봤자 나는 태양이고 너는 일개 마물일 뿐이다!

치이이익!

벙커가 점점 더 뜨겁게 달아올랐다.

광선이 직접 닿는 부분이 천천히 녹기 시작했다.

-정말 멍청하구나! 크흐하하! 조금만 생각해 보면 금세 나오는 그림일 텐데!

소환수의 싸움이 끝날 때까진 최소 며칠이 걸릴 것이다.

그만큼 엄청난 에너지를 응축시키고 있는 존재들이었다.

게다가 그렇게 오래 싸워도 내 소환수가 이긴다는 보장이 없었다.

반면 벙커는 채 하루를 버티지 못할 거 같았다.

1시간만 넘겨도 다행이지.

치이이익.

-크흐헤헤하하! 안에서 벌벌 떨고 있는 것이냐? 안타깝구나! 이번에 내게 고개를 숙였다면, 기특하게 생각하고 최고 감독관으로 임명해주었을 텐데! 내 분노를 산 이상 자비 따윈 없다!

퉁! 퉁퉁!

소환수들의 싸움을 벙커의 틈 밖으로 내다보았다.

내 소환수는 충실히 자신의 역할을 수행해하고 있었다. 태양의 가장 위협적인 무기를 무력화시켜주고 있는 거나 마찬가지였다.

"불룩."

내가 할 수 있는 건 태양의 시선을 붙드는 거 뿐이다. 이제는 피난처 마물들이 활약해줄 차례다.

나는 인내심 있게 갑각에 웅크려 시간을 보냈다.

치이이익. 투둑.

-크하하! 곧 네 놈의 공포에 질린 표정을 보겠군!

약 40분 정도가 흐른 거 같다.

예상보다도 일찍 벙커가 녹아내리기 시작했다

한 부분이 완전히 얇아져 구멍이 뚫리기 일보직전이었다.

-끝이다!

투둑! 치이이익!

결국 벙커에 구멍이 뚫려버렸다. 태양의 광선이 그대로 구멍을 뚫고 들어왔다.

타다다닥.

나는 얼른 벙커 구석으로 이동해 몸을 웅크렸다.

-또 숨는 것이냐! 네 놈의 우스꽝스러운 돌 게집에 온통 구멍을 내주마! 언제까지 숨나 보자!

태양이 아랑곳하지 않으며 다시 내가 숨은 쪽으로 광선을 쐈다.

이미 벙커가 달구어진 터라 두 번째 구멍도 곧 뚫릴 것 같았다.

"불락. 대체 언제 완성되는 거야."

펑! 펑!

다급한 상황 중에서 마침내 신호탄이 들렸다.

나는 벙커를 몰래 빠져나와 높은 언덕 아래를 처다보았다. 태양은 본인이 쏘는 광선 빛에 시야가 가려져 날 곧장 발견하지 못했다.

"됐습니다!"

"쏘세요!"

"알겠습니다! 모두 일제히 불을 뿜어라!"

"알겠습니다!"

내 신호에 수장 마물이 피난처 마물들에게 말했다. 그에 일제히 언덕 밑에 숨어 있던 수천의 마물들이 완성된 구조에 불을 뿜기 시작했다.

"불락. 한 방 먹어봐라."

"콰아아아!"

"콰아아아아!"

언덕산 밑엔 매우 간결하고 거대한 구조가 자리 잡고 있었다. 바로 각도가 기울어져 태양을 겨누고 있는, 다이너마이트식 로켓이었다.

상승 높이가 작고, 실제 로켓에 비해 구동 원리가 매우 원시적이라 완성이 가능했다. 로켓 끝엔 엄청난 양의 다크

록이 압축돼 있었다.

2주간 많은 시행착오를 겪어 완성했다.

"콰아아아! 눈치 채기 전에 쏘아 보내야 한다!"

"불이 부족합니다!"

"불렉. 이런!"

로켓을 쏘아보내기엔 피난처 마물들의 화력이 부족했다.

결국 나는 판단을 내렸다.

각성한 상태에서 매섭게 로켓을 향해 달려갔다.

-거기 있구나! 줄행랑치는 꼴이라니! 덩치가 아깝구나, 크하하하!

치이이익!

광선이 매섭게 나를 쫓아왔다.

곧 있으면 닿아서 갑각이 타기 시작할 것이다.

탓!

길게 도약하여 로켓 앞으로 굴렀다.

"콰아아아아!"

다음으론 푸른빛을 띠는 화염을 토해냈다.

쿠르르르.

그러자 마침내 로켓이 완전히 달궈져 붉게 빛났다.

"모두 웅크려!"

"먹어봐라, 독불장군 태양아!"

"웅크리세요!"

탈칵, 탈칵!

나를 포함한 피난처 마물들이 일제히 갑각으로 숨어 몸을 접었다.

광선은 마침내 나를 때리기 시작했다.

콰과과과!

대신 로켓 역시 성공적으로 발사돼 태양을 향해 날아갔다. 나와 피난처 마물 일행은 얼른 벙커 내로 숨어들었다.

–뭐, 뭐야! 하! 이래서 겁 없이 덤벼든 거였군. 겨우 준비한 게 거대한 돌을 날려 보내는 거였나?

태양이 끝내야 발사된 로켓을 발견했다.

시야각을 이용한 덕분에 중요할 때까지 로켓의 존재를 숨길 수 있었다.

물론 태양은 15층 전역에 시야를 뿌릴 수 있었다. 빛이 닿는 구간에는. 즉 가려져 있는 시야각은 보지 못했다. 투시 능력이 있는 건 아니었으니.

시야각은 보통 비밀 빙의로 처리한다고 수장 마물이 말해주었다.

쿠구구구구.

–하! 이런 돌덩이 따위 간단히 몸으로 받아내 녹여주지!

태양이 그리 말하며 여유롭게 로켓이 박히길 기다렸다. 정말 단순히 뾰족한 돌기둥을 쏴 보내 자신을 공격한다 생각했나 보다.

생전 로켓이란 개념을 보지 못했으니 당연하다.

툭.

로켓이 마침내 태양의 표면을 때렸다.

그러더니 그 초월적인 온도에 순식간에 달아올랐다. 안에 있던 다크록 탱크가 곧장 반응했다.

콰과과과광!

이번엔 예상한 대로 매우 거칠고 살인적인 폭발이 일어났다.

비록 벙커에 구멍이 나 있긴 했지만, 천장과의 거리가 있어 어느 정도 폭발을 막아주었다. 벙커 내에서 나와 모두가 게집을 만들고 있기도 했고.

쿠구구구.

폭발의 여파는 한참 후에나 걷혔다. 뜨겁게 달궈진 대기가 잠시 사그지는 걸 느꼈다.

퉁! 퉁퉁!

그 중에서도 소환수의 싸움은 계속되고 있었다.

-그엑!

유독 한쪽의 비명이 잦아지긴 한 거 같다. 나는 혹시나 하는 마음에 벙커 밖을 내다보았다.

-끄허어어어…….

태양이 쭈글쭈글해진 얼굴로 신음을 흘려내고 있었다. 게다가 그 빛이 정말 죽어가는 태양처럼 어두워진 모습이었다.

-비, 빌어먹을! 내게 이렇게 쉽게 질 거 같냐! 나는 영원한 태양이니라!

콰과과과!

태양이 마지막 발악으로 자신의 소환체에 빙의하기 시작했다.

"파이어 엔리멘탈! 확실히 끝내버려! 한꺼번에 무리해서 화력을 뿜어내라!"

―그우우웅!

내 명령을 듣고 소환수가 일순간 몸을 검게 물들였다. 그러더니 밀리고 있던 태양의 응집체를 확 끌어 않았다.

퉁! 투두두둥!

북 치는 소리가 연달아 들려왔다. 그럴수록 대상 소환체는 급격히 크기가 작아졌다.

―크하아아악! 안 돼! 내 소환체가!

소환체로 빙의하려던 태양이 심히 당황했다.

이제 소환수들은 2배까지 덩치 차이가 나고 있었다.

결국 태양의 응집체는 완전히 작아져 아예 사라져버릴 듯 했다. 그 힘은 고스란히 내 소환수의 것이 되겠지.

―제기랄! 죽어라! 죽어!

쾅! 콰광!

태양이 내게 거친 불기둥을 내리쳤다.

털컥.

하지만 힘이 다해서 그런지 위협조차 되지 않았다. 각성한 상태의 나는 계집을 만든 상태에서 여유롭게 태양의 공격을 모두 받아냈다.

-크하아아악! 내 거다! 태양의 자리는 내 거란 말이다!

태양이 광분하여 소리쳤다. 그게 그가 할 수 있는 전부였
다.

-그우웅.

내 소환수가 흡수를 마치고 상체를 쫙 폈다.

승리를 자축하는 것이었다.

"태양 속으로 들어가서 저 놈을 불태워 버려!"

텅!

검게 물든 파이어 엔리멘탈이 로켓보다 빠르게 날아올라
쑥 태양 속으로 들어갔다.

퉁!

잠시 태양이 보랏빛으로 물들었다.

그러더니 스르륵 검은 인영이 태양에서 흘러나왔다. 나
의 파이어 엔리멘탈이었다.

쿠르르르.

15층 전체가 진동하기 시작했다.

마침내 1위가 죽은 거 같았다.

화르르륵!

14층 때처럼 이질적인 현상이 벌어졌다. 태양에서 투명
한 기운이 흘러나오더니 급작스레 날 잡아챘다.

화륵!

투명한 기운은 나를 태양 속으로 끌고들어갔다.

"불라아아아악!"

온 몸의 세포 하나하나가 다 지져지는 기분이었다. 뜨거운 기운이 몸 구석구석을 헤집고 다녔다.

초월자가 되는 건 결코 즐거운 과정이 아니었다.

"불레엑! 불렉!"

끝내 몸이 모두 증발해버려 비명조차 지를 수 없었다.

묵직하게 지지는 고통은 한참이나 계속됐다.

시야나 오감마저 모두 불타올랐다. 이러다 태양에 융화돼 버리는 게 아닌가 하는 생각이 들었다.

-크하아아악!

다시금 소리를 지를 수 있게 됐을 때, 기이한 목소리가 들렸다.

바로 초월자가 된 나의 목소리였다.

-크후우우. 지독하네.

서서히 고통이 사그라지는 게 느껴졌다.

지옥 불 같았던 뜨거움이 서서히 따듯함으로 변하는 것이었다.

물론 실제 태양의 온도가 내려간 게 아니었다. 내가 그만큼 뜨거움에 익숙해져 편안함을 느끼는 것이었다.

[카몬 - 15층 - 1위.]

마침내 15층의 태양이 되었다.

그러자 온갖 고등한 정보들이 흘러들어오기 시작했다.

[15층의 불의 군주가 되신 걸 환영합니다. 당신은 던전 전역에 9000억 이그니톤의 화력과 3000억 톤의 잡종 암석을

제공해야 합니다. 맡은 바 소임을 다하지 못할 경우 폐기됩니다.]

나는 태양의 목소리로 외쳤다.

-피난처 마물들은 나아오라!

적절히 15층을 정리하고 추종자 퀘스트를 완료한 뒤, 위층으로 올라갈 것이다.

15층 천장에 붙은 채 모두를 내려 보니 마물들이 정말 작고 초라해보였다.

[태양이 입은 피해가 심각합니다. 자체적 화력을 회복해야 합니다.]

검게 물든 파이어 엔리멘탈로부터 에너지를 끌어오기 시작했다.

그러자 불같이 뜨겁게 힘이 샘솟는 것이 느껴졌다. 거의 성격이 변할 정도의 활력이었다.

-크하하하!

2 장 – 던전의 태양

신분상승
가속자

2 장 - 던전의 태양

하마터면 위태로울 뻔했다.

태양으로서 느끼는 활력은 그야말로 치명적이었다.

잠깐이나마 도취해서 태양의 자리에 만족했다. 그만큼 불같은 힘과 성미를 지니게 됐다.

-크후우우!

나는 태양 주변으로 열기를 뿜어내며 정신을 가다듬었다.

내 본체는 초월 마물로서 태양 안에 떠 있었다. 그럼에도 나는 태양을 내 몸의 일부인 냥 운용할 수 있었다.

[태양의 화력이 본 상태를 회복했습니다!]

소환수의 에너지를 흡수한 덕분에 내가 로켓으로 망가뜨린 태양을 회복시킬 수 있었다.

[소환수 귀환.]

콰아아아!

소환수가 보랏빛 불기둥이 되어 태양으로 스며들었다.

"나아왔습니다, 새로운 태양이시여!"

"모두 새로운 태양을 경배하라!"

"경배하라!"

"불라라락!"

높은 곳에선 모든 것이 보였다.

그래서 15층의 수억 마리 마물들이 전부 내 주변으로 몰려드는 게 보였다. 새로운 시대를 맞이하기 위해 모여드는 것이었다.

15층 어디에 있더라도, 태양 쪽에서 벌어진 불난리를 못 보긴 힘들었을 테다.

정확한 상황을 보려고 다가오고 있을 테지.

─수장 마물은 나아오라.

"네, 태양이시여. 여기 있사옵니다."

수장 마물과 피난처 마물들에게 많은 도움을 받았다.

하지만 그를 부른 이유는 단순히 보답을 하기 위해서가 아니었다.

누군가는 태양의 빈자리를 매워야 하지 않겠는가.

─네가 태양이라면 어떻게 15층을 다스릴 것 같은가?

직설적으로 수장 마물에게 물었다.

당연히 수장은 단순히 의견을 묻는 것으로 생각할 것이다.

감히 자신이 태양을 물려받을 거라 생각도 못할뿐더러, 그럴 서열이 못 되었으니.

"불렉! 제가 어찌 감히 위대한 분에게 조언을 할 수 있겠사옵니까. 그저 새로운 태양의 뜻대로 하소서!"

-조언을 묻는 것이 아니다. 그저 단순하게 묻는 것이다. 네가 태양이라면 어떻게 15층을 다스리겠느냐?

"불락! 주제넘었다면 죄송합니다. 그럼 답하겠습니다."

수장 마물이 잠시 고민했다. 그러더니 결연한 눈빛으로 대답했다. 현재 최소 수 만 마리 마물들이 지켜보고 있었다.

"저라면 이렇게 할 거 같습니다. 오랜 기간 빛도 들어오지 않는 지하에서 살면서 생각한 사안입니다. 먼저, 태양께서 발명하신 단순하지만 대단한 물건의 비밀을 모두에게 공개할 겁니다. 제 본래 게집보다 훨씬 좋더군요."

-다이너마이트를 말하는 것이구나.

"그렇습니다. 그래서 누구나 쓰레기를 녹여서 주홍구슬을 먹을 수 있게 하고 싶습니다."

제법 기특한 생각이다. 내가 의도한 부분과 맞아떨어지는 요소였다.

-더는 없나?

"또, 감독관 요소를 없애고 싶습니다. 소환체를 아예 없애서, 웬만해선 같은 마물끼리 서로를 죽이지 못하게 할 겁니다."

-소환수가 없으면 서로 죽이기가 힘들 테지?

"그렇습니다. 대신 질서 유지에 필요할 만큼만 특수 인원을 임명할 겁니다. 항상 그들이 잘 하나 감시할 거구요."

-좋다. 네 대답이 맘에 드는구나. 이제 네게 내릴 상을 달게 받도록!

내 말에 수장 마물이 납작 엎드렸다.

"불라락! 무엇이든지 달게 받겠사옵니다!"

-잠시 대기하고 있거라. 알아볼 것이 있다.

"얼마든지 그러하겠습니다!"

수만이 수장 마물이 태양인 나와 직접 말하는 걸 봤을 테다.

그러니 앞으로 수장 마물의 입지는 매우 높아질 것이다.

[태양의 여러 가지 권능을 사용할 수 있습니다. 하지만 이그니톤을 과소모해 9000억 이하로 생산량이 줄지 않게 하십시오.]

[태양광선 선택.]

콰우웅! 치이이익!

내 바로 아래로 광선을 뿜어보았다.

그러자 굵직한 대지에 급격히 구멍이 나는 게 보였다.

그 외에도 태양은 다양한 능력을 지니고 있었다.

예를 들어 태양의 심복자를 임명하는 능력 말이다.

-자! 이제 네게 상을 내리겠노라!

"가, 감사합니다! 태양이시여!"

수장 마물은 믿기지 않는 듯 했다.

떠오르는 태양을 도와 새 시대를 연 것도 모자라, 수만 앞에서 상을 받게 됐다.

내내 숨어 살던 것에 대조되는 엄청난 영광이었다.

"불렉! 말씀하신 대로 무엇이든 달게 받겠습니다!"

[소환수 이전. 대상: 타겟.]

태양을 회복시키느라 내 소환수는 색채가 검정에서 보랏빛으로 한 단계 내려갔다.

하지만 여전히 15층 최강의 소환수임에는 분명했다.

-네게 나의 수호 마물을 이전하겠느니라!

"불레에에엑!"

"불렉! 불렉!"

"허! 새 시대를 연 보상답구나! 태양께서 엄청난 선물을 하사하셨다!"

집게손을 든 채 나를 칭송하던 수만의 마물들이 일제히 깜짝 놀라 수근거렸다.

치이이익!

수장 마물의 갑각에 태양의 상징이 새겨졌다.

-자! 이제 소환수를 불러내 보거라.

"가, 감사합니다, 태양이시여!"

수장 마물이 얼떨떨한 표정으로 소환수를 불러냈다.

"콰아아아아!"

-그우우웅.

모두가 보랏빛으로 빛나는 소환수를 바라보았다.

크기를 변형시키면 산맥 규모로 커질 수 있는 소환수였다.

"불락락락! 정말 감사드립니다! 아름다운 소환물입니다!"

"불락! 저 분의 서열이!"

"역시 태양의 응집체를 보유한 덕분인가 봐!"

수장 마물은 서열이 그리 높은 편이 아니었다. 그래봐야 달탱 정도의 크기였으니.

[타겟 - 15층 - 2위.]

하지만 이제 그는 공공연한 15층의 2인자였다.

순전히 내가 하사한 소환체 덕분이었다.

엄연히 자신의 소환수가 됐으니, 15층 서열 평가 기준에서 월등히 가치가 올라간 것이었다.

"불락! 이게 태양의 신임이구나!"

"축하드립니다, 수장님!"

"불레렉. 그동안 어두운 곳에서 참아온 보람이 있구나!"

피난처 마물들이 뛸 듯이 기뻐했다.

직접 모시던 마물이 공공연히 15층의 2위이자 태양의 심복이 되었으니.

콰아아아.

2위가 소환수를 거두었다.

"성심껏 다해 모시겠습니다!"

-아니. 나를 모실 필요는 없다. 곧 알게 될 테니, 더 묻지 말거라. 아직 상을 다 준 게 아냐. 소환수를 내린 건 네가 도와준 것에 대한 마땅한 대가였다.

"네? 아, 묻지 마시라고 하시니 그저 기다리겠습니다…."

내 말에 15층 마물 모두가 의아한 기색을 드러냈다. 조용히 나를 올려다보고 있는 달텅을 제외하곤 말이다.

쿠르르르르.

-일단 모두 식사를 하거라!

내가 손수 광선을 쏴서 눈에 보이는 쓰레기들을 태웠다.

그러자 곳곳에서 풍년을 맞은 것처럼 주홍 구슬이 터져 나왔다.

"불레레렉! 축제다!"

"태양께서 직접 녹이신 주홍구슬이다!"

"이렇게 영광스러운 날을 맞이할 줄이야!"

이제 억 단위로 모여든 마물들이 감격하며 주홍 구슬을 주워 먹었다.

그 사이, 기다리던 문구가 보였다.

[1인자 등극을 축하합니다. 16층으로 신분상승하시겠습니까? 아니면 15층의 특혜를 누리며 안정적인 삶을 택하시겠습니까?]

[추종자 퀘스트: 15층의 초대형 마물 거북이를 한 번 세게 놀라게 하십시오. 지진 수준으로 15층을 흔들면 퀘스트

가 완료됩니다. 보상: 신분상승 시 추종자를 동행함.]

－자! 축제는 여기까지다. 이제 나는 할 일이 있다. 모두 바위산이 무너져도 위험하지 않은 곳으로 이동하거라!

"어서 움직여라!"

"태양이 직접 내리신 명령이다!"

타다다닥.

수억 마리의 마물들이 내 쩌렁쩌렁한 외침에 일제히 움직이기 시작했다.

엄청난 수의 마물들이 안전한 곳에 가 자리를 잡았다.

약 20분 정도를 소모했지만, 인내심 있게 기다렸다.

성급하게 행동해 대학살을 벌이고 싶진 않았다. 어차피 내 신변엔 상관이 없긴 했지만, 괜한 학살을 벌이기엔 맘이 불편했다.

－이제 모두 집게손으로 땅을 세게 붙들거라! 곧 혼란이 있을 것이다!

[태양 광선 발사. 최대 화력.]

콰과과과!

이그티톤을 과소비해서 태양 바로 아래로 광선을 쏘아 내렸다.

그에 대지가 순식간에 녹아내려가기 시작했다.

어느 정도 대지가 얇아진 순간, 약간 화력을 줄였다. 초대형 마물 거북이를 죽여 버리면 안 되니까.

치이이익!

매캐한 연기가 천장까지 쏠려올라왔다. 살타는 냄새가 가득한 연기었다.

-그아아아아아악!

15층 전체가 지진과 혼돈에 휩싸였다.

쿠르르르!

엄청난 흔들림은 물론이고 귀를 찢을 듯한 초대형 마물 거북이의 비명 소리가 들려왔다. 그와 함께 15층 곳곳이 무너지거나 깨지기 시작했다.

마물 거북이가 심하게 놀라 몸을 흔드는 것이었다.

"불레에엑! 15층이 죽어간다!"

"태양보다 큰 비명 소리가 들렸어!"

"이게 어떻게 된 거야!"

"해가 뜨자마자 벌어진 일이야! 저 분은 대체 누구인 거야!"

"모두 동요하지 마라! 미리 조심하라고 말해주신 걸 보면, 불렉! 분명 무사히 끝날 거다!"

-그에에에엑!

초대형 마물 거북이가 한 차례 더 포효하곤 서서히 잠잠해지기 시작했다. 내가 광선을 거둔 덕분이었다.

내 아래로는 거대하고 깊은 구멍이 보였다. 곧장 초대형 마물 거북이의 살갗으로 내려가는 구멍이었다.

-크후우우.

[추종자 퀘스트 완료!]

[이그니톤 생산량이 9000억 이하로 내려갔습니다. 맡은 바 역할을 다하지 못했으므로 당신은 폐기됩니다.]

이번에도 던전 전체에 짧게나마 심각한 피해를 입혔다.

대체 뫼비우스 초끈이 원하는 바가 뭘까.

단순히 날 신분상승시키는 게 목적이 아니다. 던전에 중요한 역할을 하는 과정을, 잠시나마 마비시키라고 명령했다.

정전을 시키고. 공급되는 에너지를 잠시 끊고. 던전 15층 이하를 심하게 흔들고.

대체 뭘 시도하려는 걸까.

쿠구구구.

엘리베이터가 내려오는 게 느껴졌다. 태양마저 죽일 수 있는 자들이겠지. 14층 일 때문에 이번엔 훨씬 반응이 빠르다.

[신분상승 선택.]

하지만 언제나 그렇듯, 내 도주 방법은 추적이 불가능한 최고의 도주법이었다.

-2위! 꼭 네가 말한대로 통치하도록 해라! 다이너마이트를 크게 확장하면 화력 생산에도 도움이 될 것이야!

시간이 없어 짧은 마지막 말을 남기고 의식을 포기했다.

오늘은 15층에 태양이 3번 뜬 날이다.

이번에도 심연에서 눈을 떴다.

먼 곳에서 다차원으로 꿀렁거리는 뫼비우스 주사위가 보였다.

이번에도 능숙하게 뫼비우스 초끈을 주사위로 보냈다.

스르륵.

까마득한 암흑 속에서 뫼비우스 초끈이 조용하고 우아하게 주사위에 가까워졌다.

웅!

초끈이 세차게 치자 주사위가 반응하기 시작했다. 저번처럼 눈으로 받아들일 수 없는 다차원 구조에서 점차 3D로, 다음엔 2D와 점으로 줄어들었다.

마침내 16층에서의 내 시작 서열이 정해졌다.

[당신은 16층에서 4만 303위로 시작합니다.]

이번에도 나쁘지 않다.

애초에 확률이 억 단위로는 잘 내려가지 않는 걸까. 나로선 속도가 올라서 무조건 좋을 뿐이다.

스르르르.

심연으로부터 멀어지는데, 잠깐 구석 쪽에서 번쩍이는 주홍빛이 보였다.

-조금만 더! 조금만 더!

왠지 들은 적이 있는 목소리 같다. 그러자 문득 기묘한 생각이 들었다. 혹시 뫼비우스 초끈이 초월적인 누군가와 나를 연결해주는 매체가 아닐까.

그리고 그 매체를 통해서 내가 다양한 권능을 부여 받는 게 아닐까. 그간 참아왔던 궁금증이 한꺼번에 폭발하는 기분이었다.

알고 싶다.

설명을 듣고 싶다!

대답하려고 목소리를 내려 하자마자, 픽 의식이 꺼졌다.

그 목소리는 뭐였을까.

16층에서 눈을 뜬 뒤에도 한동안 고민했다.

분명 심연에는 뫼비우스 주사위뿐이었다. 그런데 주홍빛이 반짝거리며 친숙한 목소리가 들렸었다.

결코 우연이 아니었다.

14층에서 정전을 일으키고, 15층에서 더 큰 혼란을 야기했다. 신분상승 직전에 말이다.

그리고 목소리는 조금만 더—라는 말을 남겼다.

아직 구체적인 건 알 수 없었지만, 어쨌든 맞는 방향으로 가고 있다는 거겠지.

"그윽."

주욱 16층을 둘러보았다.

16층 마물들은 일단 엄청난 대두였다. 짤막한 몸에 비해 머리통이 엄청나게 컸다.

우월한 마물들이라도 마찬가지였다.

2등신이라고 해도 될 정도로 머리가 컸다.

"그욱. 아무리 봐도 이상하단 말이지."

"뭔가 잘못 섞여 들어갔어."

"쓴 맛이 없어지질 않아."

그리고 그 큰 머리의 절대 대다수는 입이 차지하고 있었다.

16층 마물들은 하마에 견줄 정도로 큰 입을 가지고 있었다.

"그욱. 다른 걸 섞어볼까."

"그랬다가 더 이상해지면."

"다시 요리해보면 되지."

"그웨엑. 배가 부른데."

"다른 마물들의 인정을 받으려면 어쩔 수 없다! 억지로 구겨 넣자고!"

16층 마물의 입 안은 위아래가 2줄의 치아로 구성돼 있었다.

바깥 치아는 상어의 것처럼 날카로웠고 안의 것은 인간의 것을 닮아 무디고 넓적했다.

그에 더해 혀가 매우 거대하고 굵었는데, 그 표면이 징그러울 만큼 빽빽한 돌기로 가득했다.

뭔가 딱 봐도 먹는 것에 특화돼 있다.

"그에에엑. 그냥 날 것으로 먹는 것도 나쁘지 않아."

"대신 아무에게도 인정받을 수 없지! 그건 아무나 해먹을 수 있는 요리잖아."

"제길. 이것보다 나은 걸 만들기가 보통 힘든가."

"그래서 우월자들은 자기만의 레시피가 다 있잖아! 그것도 대박 레시피 말야."

"그웩. 배가 터질 거 같아."

1등신 몸을 뒤뚱거리며 다른 마물들에게 다가갔다. 그들에게 일단 말을 걸어볼 생각이다.

[미러 퀘스트 – 오늘 밤이 끝나기 전에 신분상승하라. 보상: 낮의 헌터 레벨 50 상승.]

오랜만에 미러 퀘스트가 주어졌다.

15층 태양과 싸우느라 거진 밤의 절반을 써버렸다. 정말 나보고 반나절 만에 신분상승을 하라는 건가.

헌터 레벨 50 상승이 매우 대단한 조건은 아니었다. 그럼에도 필요하긴 했다.

C급 틈새부턴 비공식으로 구하기가 힘들었다.

다른 길드에서 치열하게 취해갔으니.

노블립스의 눈에 드러나지 않기 위해 나는 몸을 사려야 했다. 그러다 보니 C+급에서 더 이상 올라가기가 힘들었다.

그 아래 수준의 틈새는 별로 성장에 도움이 안 됐다.

헌터인 걸 아는 순간 노블립스의 공적이 될 테지.

"저기요, 그윽."

이상하게 헛 트림이 나왔다.

뭘 먹지도 않았는데 매순간 소화 활동이 벌어지고 있는 거 같았다.

"왜 그러시죠? 그윽."

내 서열은 4만 303위였다. 그래서 웬만한 마물들보다 덩치는 물론 머리통이 컸다.

말을 걸면 쉽사리 정보를 얻을 수 있을 테지.

엽기적인 비율에 비해 16층 마물들은 손가락이 기형적으로 길고 섬세했다.

요리 얘기를 몇 번 들었는데.

그 때문인가.

반나절 만에 신분상승하려면 그만큼 구별된 요소가 있겠지. 그걸 찾아내야 한다.

"방금 생성 되서 그런데, 어떻게 생존하는 거죠?"

"생존? 생존이 왜 필요하죠?"

"예?"

무슨 말일까. 던전에서 생존하지 않아도 된다는 건가. 정말 먹기만 하면 그만인가.

"아니, 동족 포식자들만 아니면 누가 죽이지도 않는데 웬 생존 얘기를 하냔 말입니다. 그냥 맛있게 이것저것 먹으면 되지."

쿵!

안 그래도 16층엔 수없이 많은 시체덩어리들이 떨어지고 있었다.

일부는 꽤 부패했지만 대부분은 핏기가 돌 정도로 신선한 시체 덩어리들이었다.

다른 말로 하면 고기와 이질적인 재료들이었다.

마물들은 재료들을 다양하게 섞어 요리를 해먹는 듯 했다.

"그럼 동족 포식자만 조심하면, 단순히 요리해서 먹고 살기만 하면 됩니까?"

내 말에 앞에 있는 마물들이 뭘 당연한 걸 묻냐며 거대한 혀를 찼다.

"그윽! 하! 당연한 걸 자꾸 묻네. 진짜 방금 생성되셨나 봅니다. 운이 좋으시네. 그 덩치로 생성되다니!"

"그럼 뭐해! 레시피 없이는 우리보다 못한데!"

"하긴! 우린 괜찮은 레시피가 한 둘 있긴 하지!"

"그만 가주십시오. 우린 새로운 요리를 연구해야 해서 바쁩니다. 힘 자랑 하려는 게 아니면."

문득 불길한 예감이 들었다.

16층까지 와서 동족 포식을 해야 하나.

그럼 분명 16층 마물들의 표적이 될 게 분명하다. 우월자들에게 밉보이면 귀찮아질 텐데.

"그윽. 그럼 가보죠."

마물들을 뒤로 하고 시체 산으로 다가갔다.

"음."

가장 붉어 보이는 고기를 집어 들었다.

식사로 레벨 업이 된다면, 동족 포식 효율이 반드시 더 좋은 거라고 할 수 없다.

동시에, 동족 포식이 어떠한 혜택도 가져다준다는 보장이 없었다.

먹고 요리하는 층이라. 성장 수단이 뭘까.

다른 마물들은 나처럼 효과적인 성장을 할 수 없기에 대놓고 물어보기가 힘들었다. 설명 자체가 안 될 거다.

그저 마물들의 생활 패턴에서 유추해야만 했다.

[학습률 2000% 선택.]

"압."

아그작!

붉은 고기를 냉큼 씹어 먹었다.

꿀꺽!

인간의 턱과 치아에 익숙해져 있어서 그런지, 깜짝 놀라고 말았다. 두부처럼 고기가 부드럽게 잘려 곧장 목 뒤로 넘어갔다.

"으아으음!"

더더욱 놀란 것은 맛의 깊이와 색채였다.

그냥 붉은 고기 하나를 먹었을 뿐인데 감도는 피의 깊숙한 맛과 육질의 세세한 결이 다 느껴졌다.

"그윽!"

금세 소화가 됐다.

"이런."

분명 16층의 식사는 놀랄 만큼 즐거운 경험이었다. 먹는 것에 특화된 마물의 육신다웠다.

하지만 아쉽게도 레벨 업을 하진 않았다.

"그윽. 이러면 골치 아파 지는데."

아직 한기가 감돌진 않는 거 같다.

시간이 아예 없는 건 아니었지만, 늑장을 부릴 여윤 따윈 없었다.

"이번엔 이거."

투둑.

갑각에서 초록색 고기를 뜯어냈다.

꼭 가래침 같아서 먹기가 싫어진다.

그래도 재료마다 성장 요소가 다를 수 있으니, 참고 먹어 보기로 했다. 아까 붉은 고기가 거의 0에 가까운 성장치를 주었을 수도 있으니까.

"으윽!"

헛구역질이 올라왔지만 참고 초록색 고기를 먹었다.

고약한 거대 벌레의 내장을 씹는 기분이었다.

고등한 미각 때문에 고통이 몇 배였다.

"으후우우우!"

거대한 입으로 한껏 한숨을 내쉬었다.

묵직한 머리를 잠시 시체 언덕에 기댔다.

"힘들구만."

강렬한 미각에 비해 돌아오는 반응은 없었다.

진짜 동족 포식밖에 없는 건가.

툭.

나는 갑각을 일부 뜯어냈다. 16층 마물은 비율이 기괴해서 그렇지 힘이 약하거나 육체 능력이 딸리진 않았다.

척.

시체 더미 사이를 뒤지고 있는 작은 마물 하나를 발견했다.

"미안하게 됐다. 내키진 않지만."

서걱!

마물을 갑각으로 내리쳐 즉사시켰다. 그리곤 정말 싫지만, 그걸 손으로 집어 들어 씹어 먹었다.

와그작, 와그작!

대두이긴 하지만, 16층 마물은 인간형 마물이었다. 그래서 그런지 동족 포식이 썩 내키진 않았다. 아래 층 마물들은 완전히 인간과는 다른 형상이었는데.

"이런 제기랄!"

혼자 성질을 내며 옆에 있는 재료를 쾅 내리쳤다.

동족 포식도 아니다.

이렇게 시간이 없는데 성장 수단조차 알아내지 못하다니. 어이가 없었다. 그냥 미러 퀘스트 보상은 포기해야 하나.

아쉽긴 하다.

"그윽. 그웩. 아!"

한껏 트림을 한 다음 긴 손가락으로 손뼉을 쳤다.

생각해보니 시도해보지 않은 게 있었다.

바로 요리를 하는 것이었다.

"흐음."

시체 더미에 내 육중한 머리통을 살짝 숨겼다.

그리곤 제법 선명한 시야로 멀리 있는 마물들이 하는 행동을 지켜보았다.

"자자! 한 번 먹어봐. 초록 구린 고기가 이렇게 맛있을 순 없을걸? 아 물론, 첫 맛은 끔찍할 거야. 대신 참으면 그 뒤에 끝 맛이 엄청나다고!"

"웩. 괜히 먹고 토하는 거 아냐?"

"이 고기는 아무나 쉽게 못 요리하는데."

"그러니까 내 레시피가 대단한 거지!"

"어후! 네 자신감을 봐서 한 번 먹어봐 준다! 맛없기만 해 봐. 바로 토해줄 테니."

"자, 잠시 기다리라고. 신선함이 제일이니까 말야!"

마물 하나가 내가 방금 먹은 초록 고기를 시체의 갑각에서 뜯어냈다.

다음으론 온갖 재료를 가져와 손으로 빻았다. 마지막으론 시체 일부로 만든 그릇에서 가루를 꺼내들어 그걸 요리에 뿌렸다.

"오! 뭔가 못 보던 재료들이 많이 들어간 거 같군."

"흠. 내가 맵고 달달한 주홍 검은 무늬 고기를 요리할 때 쓰는 건데 말이지. 적어도 재료 셋은 말야. 괜히 초록 고기에 낭비하는 거 아냐?"

두 가지 흥미로운 점을 발견했다.

16층 마물들은 재료를 특징적인 이름으로 불렀다. 어느 정도 이름의 통일성은 있는 거 같았다.

재료가 어느 마물의 시체에서 나온 것인지 모르니, 당연히 그렇게 부를 수밖에 없었다.

다음으로 16층에도 서열은 분명 존재했다. 하지만 서열보단 요리의 실력이 먼저인 듯 했다.

역시 성장 수단은 요리와 연관이 있단 말이지.

"자자! 그윽! 어서 먹어보라고!"

"으, 한 번 속는 셈 치고 먹어본다."

"자, 봐. 나도 먹잖아."

"압."

마물들이 요리된 초록고기를 허겁지겁 퍼먹었다.

그 살벌한 치아에 금세 초록고기는 잘게 쪼개졌다.

"웩! 내 이럴 줄 알았어!"

"이게 무슨 맛이야!"

"기다려! 더 음미하라고! 내가 말했잖아. 첫 맛은 어쩔 수 없다고."

마물들이 한껏 불평불만을 토해놓았다. 그럼에도 요리를

내놓은 마물은 침착하게 마물들을 잠잠케 했다.

"오!"

"이럴 수가! 이래서 기다리라고 한 거군!"

"뭔가 느껴져? 거봐, 거봐!"

잠시 후 잔뜩 찌푸린 마물들의 표정이 금세 확 펴졌다. 입과 함께 얼굴이 커서 그런지, 드러나는 표정이 정말 크고 분명했다.

"으우하하! 맛있잖아!"

"놀랍구나! 초록고기에서 이런 끝 맛이 나다니!"

"온갖 재료가 섞여서 제법 재미난 맛이 나왔구나!"

마물들이 즐거워하며 자신의 턱을 툭툭 두드렸다. 맛있는 요리에 표하는 예절인 듯 했다.

"거봐! 내가 뭐랬어!"

요리한 마물이 자랑스러워하며 고개를 끄덕였다. 그 큼지막한 얼굴에 진심으로 뿌듯해하는 표정이 보였다.

통, 통통.

이제껏 못 보던 광경이 벌어졌다.

음식을 먹은 마물들의 정수리가 갈라지더니, 하늘색 빛을 띠는 기운들이 새어나왔다.

그것은 고스란히 요리를 나누어준 마물에게 흘러들어갔다.

"으우하하하! 이 맛에 요리하는 거지!"

"부럽군! 우릴 감동시킬 레시피를 만들 줄이야!"

"그것도 극소수 양념만으로 쓰는 초록 고기를 되레 메인 재료로 써서 말이지! 제법이야!"

짝짝짝!

마물들이 기나 긴 손가락으로 박수를 쳤다.

놀랍구나. 내 예상이 맞다면, 16층은 요리를 해야 성장할 수 있다. 그것도 요리를 해서 그 요리를 먹인 마물을 감동시켜야 했다.

시체 처리소.

가장 좋은 방법은 먹는 것이겠지.

그것도 맛있게 먹는 것.

투두둑, 툭! 찌이익.

[2성 각성.]

나는 고개를 끄덕이곤 곳곳에서 재료를 끌어 모으기 시작했다.

어떻게 잘 섞어보면 괜찮은 요리가 나오지 않을까.

분명 아까 다른 마물들을 감동시킨 마물도 뭔가 어줍잖게 재료들을 섞은 걸 요리라고 했다.

실제 내가 아는 셰프들처럼 고상하고 대단한 기술을 사용하는 게 아니었다.

척! 꿀덕, 꿀덕.

한껏 재료들을 뭉쳐 미트볼 같은 구조를 만들었다. 이 정도면 꽤 맛있겠지.

"압."

망설임 없이 던진 미트볼을 삼켜 넘겼다.

"우웨아아아악!"

내가 너무 안일하게 생각했나 보다. 마구잡이로 섞은 미트볼은 그야말로 재앙 그 자체였다.

미각이 풍부해서 그런지, 1층에서 맛본 배설물보다도 역겨운 맛이었다.

한껏 구토를 하고나서야 내가 만든 미트볼의 끔찍한 맛에서 벗어날 수 있었다.

차라리 역류하는 지독한 위산의 맛이 더 나았다. 따갑기만 하지 혀를 파고드는 고통은 주지 않았으니까.

"으우욱, 죽겠네."

이렇게 맛없을 줄은 몰랐다.

미각이 풍부하니 만큼 식사를 어느 정도 조심해야겠다.

워낙 세게 토를 해서 그런지 큰 머리를 지탱하고 있는 굵직한 목이 다 아파왔다.

"으으."

정신을 차리고 긴 손가락을 다시 놀렸다.

시간이 없다. 밤중에 신분상승을 하려면 매순간 바쁘게 움직여야 했다.

투둑, 찌이익.

이번엔 좀 더 조직적으로 접근하기로 했다.

다이너마이트 제작과 아주 다르진 않을 거다.

적절한 재료.

절적할 조합과 비율.

"압. 압."

여기저기서 뜯어온 재료들을 작게 쪼갰다.

그리곤 맛을 볼 정도로 아주 적응 양만을 분리했다.

다음엔 조금씩 맛을 보며 재료의 기본적인 맛을 파악했다.

"으음. 아. 윽?"

한꺼번에 모든 맛과 재료를 연결시켜 암기하긴 힘들었다.

그래도 인상 깊은 재료 몇은 확실히 숙지했다. 일단 써볼 만한 재료들만 따로 추려냈다.

"이제 이놈들을…"

가장 기본적인 요리인 샐러드를 생각했다.

그러면서 맑고 상쾌한 맛이 나는 재료들을 비율에 맞게 뒤섞었다.

마지막엔 육회랑 흡사하지만 더 깊은 맛이 나는 붉은 고기를 얇게 썰어 뿌렸다.

"내가 조금 먹어봐야지."

아까 미트볼 같은 요리를 먹였다간 되레 공격을 받을지도 몰랐다.

아래 서열에게 먹이면 그럴 일은 없겠지만, 그것도 시간 낭비였다.

가장 좋은 시음 방법은 내가 직접 맛보는 것이었다.

"그욱. 후! 괜찮겠지."

이번엔 맛이 끔찍하지 않길 바라며, 보라색 샐러드의 일부를 떠먹었다. 붉은 고기 한 점을 얹어서.

"오."

보라색 샐러드는 생긴 것보다 훨씬 괜찮은 맛을 냈다. 단순히 여러 재료를 섞은 것뿐인데, 각 재료에서 배어나온 즙이나 향들이 제법 멋지게 섞였다.

"좋았어, 그웨엑."

방금 소량으로 먹은 보라색 샐러드가 금세 소화되었다.

성장 효과가 있는 건 아니었지만 맛있는 음식을 먹은 덕에 제법 즐거운 포만감이 피어올랐다.

16층은 여러모로 즐거운 층이네.

평생을 요리하는 재미와 먹는 재미로 보낼 수 있는 곳이다. 물론 모든 게 다 좋기만 하진 않겠지.

"잔뜩 만들어야지."

이 정도면 다른 마물들을 감동시킬 수 있을 거 같다. 적어도 서열이 낮은 마물들은.

덩치나 서열이 아예 상관없는 건 아니었다.

당연히 경험이나 레시피가 많은 마물이 서열이 높을 터였다.

투둑, 찌이익.

아까와 똑같은 구성의 재료를 잔뜩 모아왔다.

그리곤 비율에 신경을 쓰며 대량으로 보라색 샐러드를 만들었다.

"이제 붉은 고기를 얹어서 마무리!"

갑각으로 보이는 반원 구조를 뒤집어 그릇을 만들었다.

그리곤 보라색 샐러드를 맛스럽게 담았다.

"저기, 새로운 요리를 준비했는데 한 번 먹어볼래? 이리 와 봐."

"오, 서열을 보니 뭔가 요리를 잘하실 거 같습니다."

"한 번 먹어보죠. 뭔가 믿음이 가는군요."

지나가는 작은 마물들 10마리를 모아왔다. 그리곤 그들에게 내가 만든 보라색 샐러드를 퍼주었다.

일단 서열이 높으니 먹이는 것까지는 어렵지 않았다.

단지 먹여서 억지로 감동을 얻어낼 순 없다. 저들도 내가 만족한 만큼 보라색 샐러드를 좋아해줘야 할 텐데.

"우오!"

"이런 맛은 처음이군요!"

"낯설지만 불쾌하지 않습니다! 뭔가 고기 위주로만 요리한 것과는 다르군요."

"고기가 아닌, 껍데기와 야채가 주인 요리로군요."

16층에 떨어지는 시체 덩어리의 종류는 정말 다양했다. 포유류 뿐 아니라 파충류나 벌레, 어류, 심지어 식물계 마물의 시체까지 많았다.

색채나 맛이 매우 이질적일 뿐이지.

[학습률 2000% 선택.]

"맘에 든다니 기쁘네."

"새로운 경험이다. 근데 왠지 바로 따라할 수 있을 거 같은 요리야."

"레시피는 고맙게 잘 쓰죠. 그윽, 헤헤."

통, 통통통.

10마리 마물들의 정수리가 열렸다.

단순하긴 하지만 결과적으로 보라색 샐러드의 새로운 맛에 감동한 것이었다.

스르르륵.

마물들의 하늘색 기운이 성공적으로 내게 흡수됐다.

나는 짜릿해지는 기분에 떡 크나 큰 입을 벌렸다. 이게 요리로 마물들을 감동시킨 대가구나.

-레벨 업!

[카몬 - 16층 - 3만 9231위.]

과연 10마리를 한 번 먹인 것 치곤 엄청나게 성장했다. 하지만 남은 시간에 비하면 충분치 않았다.

"더 먹어 봐, 더."

"아. 배부른데. 저흰 덩치가 작잖습니까."

"그래도 조금만 더 먹어."

마물들이 내 강한 권유에 싫은 기색으로 보라색 샐러드를

퍼먹었다. 머리에 비해 작은 그들의 복부가 불룩하게 튀어
나왔다.

"그어어억, 더 이상은 무리입니다!"

"적어도 몇 분은 더 주십시오!"

마물들은 소화하는 데 몇 분 정도가 필요한 듯 했다.

"뭐지."

문제는 그게 아니었다.

한 번 먹은 요리에 대해선 크게 감흥이 없는 것이었다.

그에 따라 마물들의 정수리에서 하늘색 기운이 흘러나오
지 않았다.

쉽지 않네. 매 번 새로운 요리를 내놓던가, 아니면 새롭
게 먹일 대상을 찾으라는 건가. 반복 작업은 아무래도 어려
울 거 같다.

"그만 가 봐도 좋아."

"으아. 배 터지겠네. 그래도 좋은 경험 했습니다."

"빨리 다른 곳에 가서 따라해 봐야지. 뭔가 어렵지 않을
거 같은 요리야. 그래도 새롭단 말야."

"빨리 가자."

곧장 다른 마물들을 불러 모았다. 그리곤 똑같이 그들에
게 보라색 샐러드를 먹였다.

"이야! 이게 뭐지! 고기 맛이 가려질 줄 알았는데, 멋지게
어우러지잖아!"

이번에도 마물들로부터 호평을 받았다. 아까보단 좀 더

덩치나 서열이 높은 자들이었다.

통, 통통통!

하늘색 기운을 삼키자 다시 성장했다.

−레벨 업!

[카몬 − 16층 3만 8911위.]

뭔가 부족한 걸 느꼈다. 이제 성장 수단은 확인했지만,
보라색 샐러드론 원하는 속도를 낼 수 없었다.

게다가 혼자 요리해서 계속 새로운 식사자를 찾는 건 꽤
나 비효율적인 계획이었다.

달텅을 찾아야지. 조수가 하나라도 있는 게 낫다.

[추종자 추적: 달텅.]

달텅이 꼭 필요하다고 느끼자, 내 몸으로부터 주홍 실이
흘러나왔다.

그간은 그저 자연스레 만나거나 때에 맞게 찾거나 했는
데, 이제는 구체적으로 달텅을 추적할 수 있게 됐다.

조건부는 정말 추종자의 필요를 느끼는 것이었다. 모르
고 있던 능력을 알게 됐군.

추종자 퀘스트로 달텅이 계속 따라 올라오는 것에 익숙
해져 그런 거 같다.

"그우우욱."

주홍 실이 끝끝내 마물 중 하나에게 스며들었다.

이번엔 망설이지 않고 불렀다.

"달텅!"

"오! 카몬님! 그윽, 이 층은 정말로 신기합니다."

"그래. 요리로 다른 마물들을 감동시켜야 의미 있는 성장이 가능하더구나."

"역시 알아내셨군요. 카몬님답습니다. 정말 다양한 맛이 가득합니다. 온갖 재료들이 신기한 맛을 냅니다. 합쳐지면 맛이 또 다르고요!"

달텅은 한껏 흥분해 있었다.

새삼스레 그가 2층 출생이라는 게 기억났다. 2층에 비하면 이곳은, 리치 핏에 비할 바가 아닌 그야말로 낙원 같은 곳이었다.

온갖 맛과 향취가 가득했으니.

"그헤헤! 게다가 어딜 가도 다 자기 요리를 먹어보라고 성원입니다. 공짜로 얻어먹는 게 되레 도와주는 층입니다. 정말 이런 곳이 있을 줄 몰랐습니다!"

달텅은 행복하다고 할 정도로 표정이 밝았다.

그래서 장난 반 진심 반으로 물었다.

"꽤나 맘에 드나 보구나. 그럼 내가 위로 올라갈 때 너는 여기에 머물겠느냐?"

우습게도 달텅은 1초간 고민했다.

실제로 유혹을 받긴 한 것이었다.

"아닙니다! 그럴 리가 있겠습니까, 그헤헤! 당연히 카몬님을 따라갈 것입니다. 그저 그간 거쳐 온 층들 중 가장 흥미롭습니다."

"과연 그렇구나. 내가 원래 살던 곳과 비슷한 점이 있어."

"오오. 신기합니다."

"자, 가자. 내가 새로운 요리를 개발했다. 같이 만들어서 먹어보자꾸나."

"영광입니다! 카몬님의 요리를 맛볼 수 있다니!"

달텅이 보태준 덕분에 금세 2번째 보라색 샐러드를 만들 수 있었다.

가장 먼저 달텅을 먹였다.

"그헤헤헤! 정말 좋습니다! 그 짧은 새에 요리를 개발하시다니. 저는 어쭙잖게 다른 마물을 따라했다가, 제 요리를 먹고 토를 했지 뭡니까!"

호탕하게 웃는 달텅을 보고 나도 쓴웃음을 지었다.

요리를 잘못 만들어 먹으면 얼마나 고통스러운 지 잘 알지. 아직도 목 근육이 아린 것 같다.

통, 통!

달텅의 정수리에서 하늘색 기운이 흘러나왔다.

"음? 못 보던 요리인데."

"먹어봐도 되겠습니까?"

"물론이다. 어서들 먹어 봐."

"고기가 조금밖에 없네. 과연 이게 맛이 있을까."

달텅이 즐거워하는 모습을 보고 마물 다섯 정도가 모여들었다. 그들에게 남은 보라색 샐러드를 모두 먹였다.

통통, 통통!

다행히 이번에도 좋은 반응을 얻었다.

이로써 알게 됐다. 제대로 된 요리는 거의 공통적으로 마물들에게 호평을 받을 수 있다는 것.

아직 호불호가 갈리는 요리를 안 만들어 봐서 그런가.

"그호오오! 힘이 샘솟습니다! 이게 뭐죠? 저까지 보상을 받은 거 같습니다."

흥미로운 현상이 벌어졌다. 마물들이 보라색 샐러드를 먹고 뿜어낸 기운이, 나 뿐 아니라 달텅에게도 스며들어갔다.

그러고 보니.

"달텅. 네가 요리를 거들어서, 우리 둘의 요리로 인정된 거 같다."

"그헥! 죄송합니다. 공로를 가로채려는 게 아니었는데."

"아니야. 네가 도와주어서 실제로 요리가 더 수월했다. 앞으로도 잘 부탁해."

"그하하! 그렇다면 다행입니다. 앞으로도 열심히 모시겠습니다."

달텅은 흡사 취한 것 같은 모습을 보이고 있었다. 처음 겪어보는 맛의 깊이와 성취감에 잔뜩 흥분한 것이었다.

이해 못할 바는 아니지.

"아! 그랬던 거였구나! 어쩐지!"

달텅이 쩍 박수를 쳤다.

"왜 그러느냐, 달텅?"

"카몬님께서 오시기 전에, 수십 마리의 마물들이 같이 요리하는 걸 봤습니다. 당연히 엄청난 양의 요리를 만들어 많은 마물을 먹였죠. 저도 은근슬쩍 끼어들어 식사를 했었습니다."

"그런데?"

"그런데 저희들이 즐거워하며 뿜어낸 하늘색 기운이 수십 마리에게 다른 양으로 퍼져서 흡수됐습니다. 뭔가 했었는데."

"아아."

"주방이라고 불렀던가. 이제야 뭔지 알겠군요. 같이 요리를 하면 역할 일한만큼 인정을 받나 봅니다."

이건 여러모로 새로운 요소였다.

단순히 요리나 감동을 통해 성장하는 부분을 말하는 게 아니었다. 던전이 요리의 기여도를 계산해 하늘색 기운을 분배한다는 것이었다.

"그윽, 허."

마치 틈새에서 레이드를 돌면 이질적인 기운을 헌터들이 나누어서 흡수하는 것과 같은 원리였다.

나도 그런 연유로 레이드를 혼자서 돌았다. 성장 경험치를 극대화하기 위하여.

"달텅. 우리도 주방을 하나 차리도록 하자."

"그오! 좋습니다. 프리프로그 때처럼 부하가 많을수록

좋죠. 이번엔 파이어 엔리멘탈 같은 요소가 없나 봅니다."

"파이어 엔리멘탈이라?"

달텅의 말에 문득 기발한 생각이 났다.

분명 여러 마물을 모아 주방 조직을 형성하긴 할 것이다.

하지만 그 전에 확인할 게 있다.

"맞네, 맞아."

"음? 뭐가 말입니까."

16층 일부를 꼼꼼히 둘러보았다.

하지만 아무리 봐도 없었다. 내가 생각하는 간단하고도 파괴적인 방법을 쓰는 요리가.

"가 볼 곳이 있다."

"따르겠습니다!"

달텅을 이끌고 어딘가로 향했다.

만약 이 방법이 통한다면 오늘 밤 안에 신분상승하는 건 문제도 아닐 것이다.

달텅과 도달한 곳은 온갖 쓰레기가 버려지는 구덩이었다. 구덩이 아래에선 화끈한 열기가 뿜어져 올라오고 있었다.

얼마 전까지 내가 있었던 15층의 불길이었다.

먹을 수 없거나 유기질이 아닌 물건들이 버려지는 곳이었다.

유일한 곳은 아니었지만 가장 큰 곳들 중 한 군데였다.

"으. 구덩이가 정말 깊군요. 이 몸으로 느껴보니 정말 뜨겁습니다. 저런 곳에서 잠시나마 살았다니."

"그러게 말이다. 자, 이제 여기서 실험해볼 게 있어."

"여기서 말입니까? 하지만 온통 먹을 수 없는 것들뿐인데."

"그렇구나. 너는 가서 붉은 고기를 큼지막하게 구해 오거라."

"어렵지 않죠! 다녀오겠습니다!"

달텅이 내 심부름에 씩씩하게 재료를 구하러 갔다. 그 사이 난 한껏 쌓여 있는 쓰레기 더미를 뒤적거렸다.

쓰레기는 조금씩 구덩이로 쓸려 내려가는 중이었다.

투두둑.

잘못 발을 디디면 그대로 15층으로 낙사하는 수가 있었다. 15층에서 가장 거대한 소환수를 부렸던 자로서 맞이할 수 있는 가장 치욕적인 죽음이었다.

그럼에도 내가 위험을 무릅쓰고 구덩이 주변을 뒤적거리는 이유가 있었다.

"찾았다."

팅.

먹을 수 없는 재료에서 얇은 실선을 뽑아냈다.

우월한 벌레형 마물의 거미줄 같은 부분인 거 같다.

두 손으로 강하게 잡아당겨도 도저히 끊어지지 않았다.

충분히 단단하네.

"카몬님! 구해 왔습니다!"

"잘했다. 자, 이제 이리 줘 보거라."

달텅이 가져온 붉은 고기에 구멍을 뚫었다. 그리곤 낚시 줄 같은 재료를 꿰어 단단히 매듭을 고정했다.

"음. 아직까진 뭘 하시려는 건지 모르겠습니다. 항상 그렇듯, 지켜보면 뭔가 대단한 게 나오겠죠!"

달텅으로선 당연히 모를 수밖에 없었다.

낮 세계에선 요리의 기본 중 하나일 뿐이지만, 여기선 혁신의 중심이 될 것이다.

"자."

툭.

줄에 묶은 고기를 구덩이 아래로 버렸다.

달텅은 왜 멀쩡한 재료를 버리는지 의아해하면서도 일단 인내심 있게 기다렸다.

"자, 이제 좀만 더 있으면 돼."

"네, 카몬님."

어느 정도 시간이 흐른 후 줄을 잡아당겼다. 붉은 고기가 노릇노릇하게 구워져 있었다.

15층 불길에 제대로 구워진 것이었다. 직화로 굽지 않아도, 15층 열기가 워낙 강렬해 얼마든지 굽거나 쪄낼 수 있었다.

"오! 붉은 고기가 갈색 고기가 됐습니다! 게다가!"

나까지 코가 벌렁거리는 거 같았다.

노릇노릇 잘 구워진 고기는 강렬한 향취를 뿜어내고 있었다.

"자, 나눠 먹어보자꾸나."

날카로운 감각을 깨트렸다. 그리곤 구워진 고기를 반으로 갈라 달텅과 나누어 먹었다.

"그악! 이게 대체!"

"장난 아니구나!"

낮 시간에도 고기는 맛있는 음식이었다.

하지만 이건 차원이 달랐다.

15층의 비범한 열기에서 딱 적절하게 구워진 붉은 마물 고기.

게다가 미각이 배로 미세해진 덕에 온갖 맛의 색채와 깊이를 다 느낄 수 있었다.

단순히 고기를 구웠을 뿐인데, 황홀한 지경의 맛이 느껴졌다.

이 정도면 직접 승부는 물론 무수히 많은 활용이 가능하다.

"하나만 더 해보자꾸나. 가서 붉은 고기와 물기가 도는 내장 하나를 가져와 보거라!"

"그어억, 알겠습니다. 이번에는 또 어떤 맛일지!"

통, 통통.

달텅이 고기를 삼키곤 하늘색 기운을 뿜었다.

단순한 요리였다. 고기를 구운 것뿐인.

하지만 새롭고 충분히 맛있었기에 달텅의 감동을 이끌어 낼 수 있었다.

다른 마물들도 다르지 않겠지.

"그헥헥, 구해왔습니다!"

달텅이 큰 머리를 뒤뚱거리며 다가왔다.

그리곤 조심스레 내가 부탁한 재료들을 내려놓았다.

탈칵.

"이거면 될 테지."

이번엔 원통형 구조의 쓰레기를 집어 들었다.

그 안에 고기를 잘라 넣었다.

찌익!

그리곤 물기가 도는 내장을 잔뜩 쥐어짰다. 내장 국물이 고기가 담긴 원통형 그릇에 쏟아져 내렸다.

"자, 이제 지켜보면 된다."

원통형 그릇에 아까 사용한 단단한 실을 묶었다. 그리곤 국물이 쏟아지지 않게 조심히 그걸 5층 구멍에 내렸다.

"제대로 어우러질 테지."

"으으. 기대됩니다. 정말 이런 짜릿함은 맛보지 못했는데. 게다가 다양하기까지 하다니! 게다가 카몬님의 손맛이라니!"

달텅은 꽤나 운이 좋은 것이었다.

단순히 16층의 산해진미를 맛보는 것 뿐 아니라, 다른 마물들은 알지도 못하는 구운 고기마저 맛볼 수 있었으니.

녀석은 그럴 자격이 있지.

"되었을 것이다."

보글보글.

원형 통을 구덩이에서 끌어올렸다. 확 풍겨오는 냄새와 기분 좋게 끓는 소리.

딱 봐도 느낌이 좋았다.

"자, 뜨거울 테니 조심해서 먹어보자."

"네, 카몬님!"

달텅과 함께 간이 도구를 이용해 내장탕의 국물을 떠먹었다. 그리곤 눈을 크게 떴다.

단순히 재료를 섞거나 구우는 것과는 또 다른 깊이와 향취가 있었다. 그간의 맛은 그저 잘 버무려진 정도라면, 내장탕의 맛은 진정으로 어우러진 맛이었다.

내장 국물에 고기의 향취가 진득하게 융합된 맛이었다.

"카몬님."

"그래. 내가 생각했던 게 맞는 것 같다."

통, 통통!

조용히 달텅과 눈짓을 주고받았다. 호들갑을 떨며 얼마나 맛있는지 강조할 필요가 없었다.

달텅의 정수리가 조용히 현 상황을 묘사해주었다.

"자, 이제 가자. 이 정도면 주방을 조직해도 되겠지. 절대 이 요리법을 다른 마물들에게 들키면 안 된다."

내 말에 달텅이 살짝 의아하다는 표정을 지었다.

"카몬님. 잠시 질문이 있습니다."

나는 픽 웃으며 고개를 끄덕였다.

왜 안 물어보나 했다. 그래서 미리 알고 대답할 말까지 준비해두었다.

"항상 다른 마물들에게 좋은 것을 나누시는 분 아닙니까? 이거야 말로 마물들 전체를 행복하게 해줄 비법인 거 같습니다. 다이너마이트나 프리프로그의 대포도 대단하지만 말이지요."

"그하하! 물론이다. 하지만 내가 그걸 처음부터 공개했던가? 다 때가 있기 마련이다."

"아! 제가 잠시 경솔했군요. 그헤헤."

달텅이 무슨 말인지 알아듣고 자신의 크나 큰 머리통을 긴 손가락으로 툭 쳤다.

"자, 이제 가자."

"따르겠습니다! 아! 또 먹어도 감동이 올 거 같아요."

"과연. 한 번 실험해보자. 아무튼 주방 조직원에게도 우리 요리법은 비밀로 해야 한다. 그러려면 자리를 잘 잡아야겠군."

"제가 한 번 더 먹어보지요. 전 요리에 크게 기여하지 않았으니."

혹시나 싶어 달텅에게 구운 고기와 내장탕을 따로 먹여봤다.

다시 먹어도 감동할 정도로 맛있을 거 같아서.

통통.

전보단 기운의 양이 적었지만, 내장탕 만큼은 2번째 감동을 이끌어낼 수 있었다.

"흥미롭구나. 충분히 맛있으면, 무조건 1번으로 제한되는 게 아니었어."

"아무도 신경 쓰지 않는 쓰레기 더미인데, 이토록 많을 것들을 발견하고 떠나는군요."

"그렇지. 떠나기 전에 한 가지 더 얻을 게 있다."

"그헥! 또 있단 말입니까! 대체 카몬님은 어떻게 이 모든 걸 아시는 지 참으로 신기합니다! 마치 던전 밖, 혹은 위에 계신 분 같습니다!"

카몬과 열심히 단단한 무기질 재료들을 모았다.

그리곤 한곳에 몰려 있는 위험한 독극물을 활용했다.

단단한 무기질 재료들을 녹이고 갈아서 식칼과 국자 등을 만들었다.

다른 마물들은 주로 손톱으로 요리를 하곤 했다. 비효율적일뿐더러 결과물이 보기에도 좋지 않았다.

"이제 진짜 가자꾸나."

"정말 대단한 주방이 만들어질 거 같습니다. 발길이 끊이질 않겠지요."

"물론이다."

다시 달텅과 마물들이 많은 곳으로 돌아갔다.

역시나 다양한 요리들이 오가며 맛에 대한 탐구가 계속

되고 있었다.

서로 헐뜯고 죽이는 광경보단 훨씬 보기가 좋았다.

기괴한 층이네.

물론 과하게 무거운 내 머리와, 엽기적으로 큰 마물들의 대두는 결코 오늘 밤 안에 적응할 수 없을 거 같다.

"일단 아까 요리한 것들로 마물들을 모아오자. 그들에게 잡일을 주고, 우리가 핵심 과정을 맡으면 손발이 맞을 것이다."

"알겠습니다. 제가 마물들을 모아옵지요!"

달텅이 얼른 머리를 뒤뚱거리며 달려가 마물들을 모아왔다.

나는 얼마 남지 않은 구운 고기와 내장탕을 적절히 나누어 각각 그릇에 담았다.

"얼마나 자신 있기에 이렇게 적극적으로 오라는 거지? 그러다 맛없으면 어쩌려고."

"기대하겠습니다. 부하가 말한 대로 서열이 높으시군요."

"오. 저건 무슨 색채야? 처음 보는데. 그동안 본 갈색과는 느낌이 달라. 게다가 왜 저리 물이 많은 거지?"

"재료를 씻은 건가. 처음 보는 재료만 덩그러니 있어!"

마물들에게 말없이 구운 고기와 내장탕을 먹였다. 잠시 기다리자 당연히 폭발적인 반응이 나왔다.

마물들은 작은 눈을 크게 벌리며 큰 입을 더 크게 벌렸다.

더 달라고 하는 마물들이 태반이었다.

통통통, 통통통!

"더, 더 없습니까? 더 먹어보고 싶습니다!"

-레벨 업!

[카몬 - 16층 - 3만 5291위.]

"전부 조용히 해라. 안 그러면 다시는 방금 요리를 맛보지도, 요리하지도 못할 테니."

"그헥! 요리해보다니? 설마 우리를 거두어 주시는 겁니까?"

"정말 감사합니다만, 저흰 당신 같은 서열이랑 어울릴 대단한 레시피를 가지고 있지 않습니다."

"그래서 한심하게 남의 요리나 얻어먹고 다니는 겁니다. 우리가 스스로 해먹거나 남을 먹일 팔자가 안 되어서."

달텅이 데려온 마물들은 요리에 대한 열망이 없지 않은 자들이었다. 단지 그간 레시피가 없어 열정을 펼치지 못한 듯 했다.

저들도 푸른 기운을 맛보면 요리가 얼마나 즐거운지 지 알게 되겠지.

"내가 시키는 대로 하면 16층에서 가장 뛰어난 요리를 만들 수 있게 될 것이다. 단, 내가 시키는 일에 불만을 가지지 않아야 한다!"

"그후욱! 주방으로 거두어주시는 거군요. 이렇게 운이 좋을 줄이야. 맛있는 음식도 먹고, 대가 없이 주방에 들어가게 되다니."

"이 정도 실력이라면 무조건 믿고 따르겠습니다!"

"어차피 서열 때문에 당신의 주방으로 들어가도 대들거나 불만을 가질 수가 없습니다. 그저 이런 요리를 만들 수 있게 도와주십시오!"

마물들은 처음엔 단순한 내 요리를 보고 잔뜩 의문을 품었다.

하지만 요리를 먹어보곤 곧장 태도를 바꾸었다. 내 서열이 납득될 만한 맛이라는 것이다.

여러모로 맘에 드는 층이다. 실제 서열에 어울리는 실력을 갖춰야하는 곳이니.

무식하게 서열이나 덩치만으로 밀어붙이는 곳이 아니다.

"좋다. 그럼 너희 열 명을 내 주방으로 종속시키겠다. 여기 달텅이 부주방장이니 서열에 신경 쓰지 말고 절대 복종하도록."

"그헥! 알겠습니다!"

"저 분도 대단한 레시피를 많이 가지고 있겠지. 이런 분의 직속 부하라면 말이야."

"가자."

금세 주방을 형성했다.

어차피 몇 시간만 부리면 되는 자들이다. 숫자는 차차 유명세를 얻어서 늘여 가면 될 테지.

보통은 레시피를 주고받으며 조직을 형성하는 듯 했다.

그래야 단체가 보유한 요리 능력이 비약적으로 상승할 테니.

내 경우엔 그럴 필요가 없었다. 16층을 압도할 요리법을 가지고 있다.

"자, 이곳에서 곁들일 재료들을 준비하고 있어라. 부주 방장과 다녀오도록 하지. 너희 다섯은 우리가 말하는 재료 를 들고 와."

나는 달팅과 함께 엄청난 양의 붉은 고기를 모았다. 조수 들을 이용해 쓰레기 더미 주변에 그걸 내려놓았다.

"자, 아까 지점으로 돌아가서 기다리고 있어. 하나가 남 아서 누가 오나 망을 보도록!"

"알겠습니다!"

달팅과 강한 실을 이용해 막대한 양의 붉은 고기를 전부 굽고 쪄냈다.

실을 내리는 정도에 따라 고기가 요리되는 방법도 살짝 달라졌다.

"이제 돌아가자."

"기대 됩니다. 다 같이 요리하면 어떻게 될지."

주방으로 돌아가 요리한 고기를 잘게 썰었다. 그리곤 다 른 마물들이 준비한 곁 재료에 슬쩍 얹었다.

"이제 다른 마물들을 모아와 먹여라. 곧 입소문이 날 것 이다."

조수들을 퍼뜨려 최대한 빨리 손님들을 끌어왔다.

"그헥! 이런 맛이!"

예상대로였다.

약 20분이 흐르자, 나는 매 번 수십 마리의 마물들로부터 하늘 색 기운을 전해 받게 됐다. 계속해서 엄청난 숫자의 마물들이 몰려들었다.

그와 함께 빌다시피하여 내 주방에 들어오고자 하는 조수들도 늘어났다.

-레벨 업!

-레벨 업!

-레벨 업!

[카몬 - 16층 - 2만 811위.]

문득 3층 리치핏 정화 탱크에서 폭식을 하던 때가 생각났다. 그 때도 지금처럼 자리를 잡고 폭발적으로 성장했다.

매 순간 하늘색 기운이 스며들어왔다.

[카몬 - 16층 - 1만 334위.]

왜 뫼비우스 초끈이 반나절 만에 신분상승을 해보라고 했는지 알 거 같다.

아래층도, 군중을 이용할 수 있는 생태계이긴 했다. 하지만 그게 직접적으로 성장의 수단이 되진 않았다.

크나 큰 도움이 될 뿐이었지.

반면 16층에선 군중의 반응 자체가 성장의 매체였다.

아래층은 먹어서 성장했다면, 아이러니하게 16층은 먹여서 성장하는 곳이었다.

"그헥! 한 그릇만 더!"

"조금만 더 먹어보고 싶습니다! 감동할 자신이 있습니다! 너무 아쉬워서 그래요."

"제발 저도 주방에 넣어주십시오! 제가 평생 아껴 온 기발한 레시피를 바치겠습니다. 지금 이 특별한 갈색 고기와 더더욱 어울릴 겁니다!"

마물들은 미각을 통해 확신했다.

갈색 고기가 뭔가 단순하지만 분명 특수한 요리 과정을 거친 결과물이라고. 그들의 정수리가 그걸 드러내고 있었다.

쾅쾅!

"거기! 줄에서 빠져나오지 말고 똑바로 서요! 안 그러면 너한텐 음식 안 줄 거야!"

"거기! 조용히 좀 해! 가만히 있으면 알아서 어련히 줄까!"

마물들이 계속해서 몰려들었다.

구운 고기는 그야말로 활용성이 엄청났다. 조금만 곁 재료나 조합법을 바꾸면 새로운 요리를 만들어낼 수 있었다.

그러면 먹였던 마물로부터도 다시금 하늘색 기운을 얻어낼 수 있었다.

주방은 노점상처럼 어느 정도 구조를 갖춰놓은 상태였다.

나는 주방의 정식 주방장으로 인식돼, 이제는 직접 요리를 하지 않아도 요리를 지휘하면 하늘색 기운에서 가장 큰 비율을 얻을 수 있었다.

"으아! 줄이 이렇게 길다니!"

"젠장! 그래도 먹어보고 말겠다."

마물들이 몰려들수록 입소문이 퍼졌다. 그래서 이젠 3갈래로 줄이 생길 정도였다.

주방의 조수를 40마리로 늘렸는데도 일손이 부족한 지경이었다.

"그윽, 헛 트림을 하다니."

"배가 고파본 적은 처음이야. 항상 뭔가를 먹었는데!"

"그래도 여기 요리를 못 먹어보고 죽을 순 없지."

"그래. 배고파도 기다릴 만하다 들었어."

"벌써 냄새부터가 다르잖아!"

그럼에도 기다리는 마물들은 크게 불평을 할 수 없었다.

내 주방이 일방적으로 요리를 제공하는 것이었다. 마물들이 흘려내는 하늘색 기운은 분명 가치 있는 대가였지만, 요리에 대한 화폐 개념의 지불은 아니었다.

그래서 주도권은 내 주방이 가지고 있었다.

불만을 품은 자들이 줄을 떠나도, 금세 기다리는 다른 마물을 먹이면 그만이었다.

"달텅."

"네, 카몬님, 그헥헥. 정말 바쁘군요. 혹시 부주방장을 넷으로 늘려도 될까요? 제가 계속 봐 온 녀석들이 있습니다."

"믿을 만 한 거겠지?"

"물론입니다!"

원래 스네이커즈 간부 출신이라 그런지 달텅은 점점 성장하는 리더십을 보여주고 있었다.

고기 굽는 과정을 다른 이들과 공유해도 되냐고 묻기에, 그러라고 했다.

통통통통!

[카몬 - 16 층 - 8211위.]

어차피 정상이 가까워지고 있었다. 매우 빠르게.

그래도 혹시나 싶어 당부했다.

"몰래 요리법을 빼돌려 도망가거나, 배신하는 게 아닌가 잘 감시해."

"물론입니다. 당장 보기엔 그럴 놈들이 아닙니다. 정말 카몬님 주방에 충성심을 느끼는 자들이지요. 요리하는 표정이 저만큼이나 행복해보였습니다."

"네 눈을 믿겠다, 달텅."

"감사합니다, 카몬님!"

달텅이 고기를 구우러 간 사이 새로운 요소가 떠올랐다. 달텅과 함께 간 넷은 단순한 성격과 높은 서열을 가져서,

달텅이 위험할 일은 없을 것이다.

"그흠."

"주방장님! 갈색 고기가 다 떨어졌습니다!"

"찾아온 마물들을 대기시켜라. 지금 새로 구하러 갔어."

"알겠습니다! 이 자식아, 너는 왜 꾸물대?"

"으, 죄송합니다. 더 빨리 뜯을게요. 그휴."

주방 안에서도 어느 정도 서열이 생겼다.

결국 모두 잡일을 맡는 것일 뿐이었음에도, 들어온 순서나 잡일의 종류에 따라 위아래를 나누었다.

한심하기 그지없군.

저런 자들은 달텅이 부주방장 후보에서 알아서 걸렀을 테지.

쾅쾅!

"아! 도대체 요리는 언제 나오는 거야!"

"내 놔! 요리 내놓으라고! 얼마나 기다리게 하는 거야!"

덩치 큰 마물 둘이 행패를 부렸다. 요리를 나누어주는 테이블을 쾅쾅 두 손으로 내리쳤다.

"주방장님. 좀 부탁드려도 될까요."

"저 놈들을 전에 본 적 있습니다. 제 딴엔 꽤 맛있는 요리를 먹고도, 정수리가 열리지 않았죠. 혀의 기준도 높고 구박만 하고 다니는 자들입니다."

척 보니 1만대 서열의 마물들이었다.

거들먹거리며 돌아다니는 자들인 듯 했다.

서열과 경험의 질이 높은 만큼 쉽게 감동하지 않는다고 한다. 그 점만큼은 흥미롭네.

"너희 둘. 입 다물고 기다려. 아니면 꺼지거나."

행패를 부리는 마물 둘에게 말했다.

"뭐라고?"

"지금 우리 둘보다 서열이 높다고 막 나가는 건가? 우리 둘이 물어뜯으면 너 정도는 잡아먹을 수 있어. 서열 차가 크지 않으니."

[2성 각성.]

꾸드드득.

순간적으로 머리가 엄청나게 커졌다. 그와 함께 두 손의 손톱이 갈고리처럼 길고 날카로워졌다.

"정말 그렇게 생각해? 나 혼자서도 자신 있긴 한데, 우리 주방 조수들만 수십 명이거든."

"뭐, 뭐야."

"잘 나가는 주방의 주방장이 이렇게 흉폭 하다니! 우, 우리가 잘못했어."

"얌전히 기다리도록 하지. 요리가 특별하다더니 주방장부터가 살벌하군. 얌전히 기다릴게."

두 건방진 마물을 잠잠케 했다.

저들에게 새로운 요소를 시험해봐야겠다. 기준이 엄격하다고 하니 시험해보기 좋은 대상일 테다.

"그흠."

일단 겉 재료들을 얇고 균일하게 썰었다.

그리곤 재료마다 다른 기준을 부여해 조직적으로 재료들을 정돈했다.

"주방장님이 직접 요리하신다!"

"과연!"

"카몬님! 부주방장들과 갈색 고기를 준비해왔습니다."

"수고했다. 계속 필요할 테니 꾸준히 왔다, 갔다하도록. 호위가 더 필요하면 말해."

"알겠습니다. 너희 둘. 망을 보는 역할을 맡는다. 우릴 따라 와."

"영광입니다, 부주방장님!"

달텅이 가져온 구운 고기를 잘라냈다. 그리곤 그걸 멋들어지게 준비한 음식 위에 얹었다.

마지막으론 신입 조수가 바친 소스를 끼얹었다. 소스를 끼얹는 모양도 세심하게 고려했다.

"허! 이, 이건 뭐지."

음식이 비범한 자태를 풍기고 있었다.

냄새는 물론 눈으로 보기에도 좋은 요리였다.

[학습률 2000% 선택.]

"과연. 당신은 뭔가 특별한 주방장입니다."

"이렇게 신기한 기분이 드는 요리는 오랜만이군."

통, 통.

아까 행패를 부렸던 거만한 마물 둘의 정수리가 열렸다.

놀라운 일이었다. 그들은 아직 음식을 먹지 않고 보기만 한 상태였다.

음식의 심미성도 역시나 기여를 하는구나.

"뭐, 뭐야! 먹지 않았는데 정수리가 열렸어!"

"설마!"

"음식이 보기 좋아도 감동하는 건가?"

내 즉흥적인 실험을 많은 마물들이 목격했다.

이로써 입소문이 퍼지기 시작할 거다.

보기도 좋은 음식이 맛도 좋다고. 내 잠깐의 즉흥적 생각이 16층에 또 다른 변화를 가져왔다.

"저, 저희들을 위해 준비해준 겁니까?"

"그렇다. 먹어 봐."

"그럼 감사히 먹죠!"

거만한 마물 둘도 스스로 놀란 모습이었다.

먹기 전에 자기도 모르게 감동했으니.

"그럼 잘 먹겠습니다."

"드디어!"

두 마물이 멋들어지게 장식된 요리를 허겁지겁 퍼 먹었다. 배가 고픈 상태라 더 맛이 와 닿을 것이다.

"그헥!"

통통통, 통통!

잔뜩 비평할 생각이었던 두 마물은 입을 꾹 다물었다.

일부러 거친 평을 하려 해도 정수리가 열려버린 것이었다.

그 둘은 충격을 받은 듯 말없이 등을 돌려 멀어졌다.

"흠. 싱거운 놈들."

그러거나 말거나 나는 주방을 계속 지휘했다. 마구잡이로 하늘색 기운이 몰려들고 있었다.

성장이 멈추는 때는 오로지 구운 고기가 떨어지는 때였다.

그게 핵심이라 다른 레시피를 입수했어도 일부러 요리를 내놓지 않았다.

"그헥헥! 주방장님! 주방장님!"

순조롭게 요리를 계속하고 있는데 부주방장 중 하나가 나타났다.

달텅이 데리고 다니던 자라 분명히 알아봤다.

"무슨 일이야. 달텅은 어쩌고 혼자 온 거야."

척 봐도 뭔가 불길한 예감이 들었다.

"동족 포식자들입니다! 지금 당장 가서 도와야 합니다!"

"빌어먹을! 거기 다섯! 식칼 들고 따라 와! 주방은 잠시 영업을 중지한다!"

"알겠습니다!"

내 명령에 주방 전체가 동결 상태로 접어들었다. 다른 이도 아닌 주방장의 명령이었으니.

"빨리 가자!"

[2성 각성.]

큰 머리를 뒤뚱거리며 덩치 큰 마물들을 이끌고 쓰레기
더미로 향했다.

"그하하하! 뜯어 먹어라!"

"네 놈들 고기가 그리 맛있단 말이냐! 그래봤자 동족 포
식만 한 게 없지!"

보아하니 마물 수십 마리가 부주방장 둘을 뜯어먹고 있
었다.

가히 징그러운 광경이었다. 크나 큰 머리통이 수십 개의
손톱에 찢기고 있었다.

"이 새끼들! 무슨 짓이냐!"

"동족 포식자들입니다! 굳이 좋은 요리를 내버려두고 동
족을 잡아먹고 다니는 미친놈들입니다!"

숫자는 수십이었지만 평균 서열은 1만대였다.

[카몬 – 16층 – 4121위.]

다른 마물들에겐 위협적일지 몰라도 내겐 아니었다. 각
성까지 한 상태였으니.

다른 마물들이 저들을 두려워하는 이유는, 굳이 맛있는
음식을 두고 동족을 산 채로 잡아먹기 때문이었다.

"카몬님!"

다행히 달텅은 무사한 상태였다.

우직한 성격의 부주방장들이 든든하게 달텅을 보호한 듯
했다. 자기 머리통을 희생해서까지.

그런 면에서 볼 때, 달텅의 마물 보는 눈은 정확했다.

식칼을 든 조수들과 함께 달텅을 감쌌다.

"너흰 뭐야. 뭔데 감히 우리를 공격하는 것이냐?"

"그하하! 네 놈들의 주방이 요새 그리 잘 나간다 들었다. 그럼 굳이 너희 요리를 기다려 먹을 필요가 없지!"

"너희를 잡아먹는 것이야 말로, 진정 너희 요리를 소유하는 방법이다! 네까짓들 게 이해할 리 없지!"

"무슨 개소리야!"

동족 포식자들은 자신만의 철학을 가지고 있었다.

동족을 잡아먹음으로써 그 대상의 요리 실력을 소유한다고 생각했다.

"정말 동족 포식을 하면 레시피까지 넘어가는 것이냐?"

조수들에게 물었다. 그들은 16층에서 오래 살았으니 사실여부를 잘 알 것이다.

"아닙니다! 개소리입니다! 저 미친 자들 말 대로였다면 성공한 주방은 전부 포식의 대상이 됐겠죠."

"크하하! 멍청하긴! 진짜 레시피를 흡수하는 게 아니다. 그들의 실력과 정신이 우리 것이 되는 거지!"

16층 수준답게 미친 자들이었다. 동족 포식을 통해서 상대방의 요리를 소유하게 된다라.

실제로 얻는 게 없었다.

그럼 정말 미쳐서 저리 행동하는 것인가.

"자! 너희들로 곧 이렇게 될 것이다! 맛있게 뜯어먹어주마!"

"하나하나 손톱으로 발라 먹어줄 것이야!"

"그히히히히!"

동족 포식자들이 다 죽어가는 부주방장들에게 손톱을 뻗었다.

"그아아악!"

끔찍한 비명이 울려 퍼졌다.

안타깝게도 내가 해줄 수 있는 건 없었다. 이미 살점이 다 뜯겨 두개골이 드러날 지경이었다.

곧 죽고 말 것이다.

"음."

내 주방 조수들은 잔뜩 공포에 질린 모습이었다.

동족 포식자들의 광기에 짓눌린 듯 했다.

그 중에서도 난 차분히 그들을 관찰했다.

그래서 알 수 있었다.

동족 포식자들의 정수리가 단 하나도 열리지 않는다는 것.

그래서 깨달았다.

"질투구나."

"뭐라!"

"저 놈이 뭐라고 지껄이는 거야?"

"너희들은 질투 때문에 동족 포식을 하는 거였어!"

내 말에 동족 포식자들의 표정이 차갑게 식었다.

나는 순전히 효율만을 위해 동족 포식을 해왔다.

그에 더해 마물들이 죽으면 재생성 된다는 걸 알고 맘이 더 가벼워졌다.

최근에는 각 층의 생태계 특성 때문에 거의 동족 포식을 하지 않고 있다.

"그아아악! 네가 뭘 안다고 그리 함부로 지껄이는 것이냐!"

"네 머리통이 뜯겨 먹힐 때도 그딴 소리를 하나 보자!"

"질투가 맞구나! 발끈하는 걸 보니!"

하지만 16층 동족 포식자들은 괴랄한 이유로 동족 포식을 행했다.

정수리가 열리지 않는 걸 보고 확신했다.

달려오는 동족 포식자들의 거대한 면전에 대고 말했다.

"자기가 요리할 자신은 없겠지. 그런데 다른 마물들 요리가 잘 돼서 군중이 몰려드는 걸 보면 배가 아프고 질투가 나겠지."

"그아아아! 죽여 버릴 것이다! 네가 뭘 안 다고!"

"결국 동족 포식으로 질투 나는 대상을 죽여 버리면 되니, 적어도 배가 아프진 않을 거야. 그치?"

"그래!"

동족 포식자 하나가 맹렬히 달려들었다.

하지만 내 팔과 손톱이 더 길었다. 육중한 머리를 움직여 피한 다음 손톱을 질렀다.

쿡!

긴 숍톱이 거대한 동족 포식자의 머리를 뚫고 들어갔다.

쿵.

동족 포식자 하나가 즉사했다. 손톱이 각성 덕으로 단단해서 송곳이나 검 못지않았다.

"정수리가 열리지 않는 걸로 인해 너희들도 알겠지. 요리를 소유한다거나 하는 건, 다 공허한 맘을 가리기 위한 개소리일 뿐이다! 그걸 진짜 믿었으면 감동 못지않은 쾌락을 느껴 정수리가 열렸을 것이다!"

"그악! 닥쳐! 닥치란 말이다!"

이번엔 동족 포식자 둘이 달려들었다.

쿡! 쿡!

요리하던 재빠른 손짓으로 두 놈의 두개골을 뚫어버렸다.

"실제로 대단한 요리들이 16층 곳곳에 널려 있는데 너희들이 할 수 있겠는 게 뭐지? 지금 당장 날 감동시킬 무엇이라도 만들 수 있는가?"

"그아아아!"

"모두 쳐라! 이 질투에 사로잡힌 한심한 마물들을 죽여라!"

"그아아아! 카몬님의 주방을 위하여!"

동족 포식자들은 내 도발에 잔뜩 광분한 상태였다.

내가 아픈 곳을 후벼 팠으니 눈에 뵈는 게 없을 거다.

이제까지는 자신들이 무시무시한 포식자라 착각했겠지. 하지만 직접 보니 질투에 눈이 먼 떠돌이들일 뿐이었다.

"그아아아!"

서걱!

"죽어라!"

"손톱도 짧아가지곤 무슨. 요리를 안 하고 일방적으로 포식만 하던 놈들이라 손짓이 느려 터졌구나!"

쿡! 쿡!

동족 포식자들은 온 힘을 다해 나와 내 조수들을 죽이려 했다. 그간 겁먹은 상대만 노려서 사냥이 어렵지 않았겠지.

하지만 나는 한꺼번에 셋씩 상대하며 역으로 동족 포식자들을 죽여 나갔다.

조수들 역시 덩치가 딸렸음에도 식칼을 십분 활용했다. 내게 소속돼 있다는 맘이 그들의 용기가 되어 주었다.

"그헥!"

조수들은 식칼을 집어던지거나 휘둘러서 부족한 덩치를 만회했다.

"너희들이구나. 빌고 빌었으면 잡일을 맡는 조수로는 써 줬을 텐데."

동족 포식자들을 거진 다 죽였다.

각성하면 요리하는 마물이든, 불을 뿜는 마물이든 무조

건적으로 전투 부문에 우월해졌다.

"그흐흐. 그래봤자 네 놈 요리를 보조하는 것뿐이잖아! 내 요리가 아니면 다 소용 없어! 다 죽여 버릴 거야!"

남은 두 동족 포식자는 익숙한 얼굴을 하고 있었다.

내 주방에서 행패를 부렸던 자들이었다.

고고한 척 남의 요리를 평가하고 다니면서, 실제로는 질투에 눈이 먼 동족 포식자였다니.

아까 줄을 선 것도 다음 동족 포식 대상을 찾기 위함이었던 것이다. 용케 아닌 척을 하고 다녔네.

"그렇게 불평하고 남을 해할 힘과 시간으로 노력을 하지 그랬나!"

푹, 푹!

손톱을 찔러 넣어 두 한심한 마물의 숨을 거두었다.

"자! 다른 마물들이 우릴 기다린다. 어서 돌아 가 영업을 재개한다!"

"알겠습니다!"

"대단하십니다, 주방장님. 요리만 잘하시는 줄 알았는데… 이렇게 숫자가 부족한 상황에서 동족 포식자 무리를 깡그리 죽이시다니요!"

"어서 움직여라. 시간이 없다."

"그힉, 알겠습니다."

나는 주방으로 돌아 가 요리를 재개했다.

"그와아아아! 그 분이다!"

"좋아! 기다린 보람이 있었어!"

의외의 모습이었다.

영업 중지 상태 때문에 마물들이 다 떠나가거나, 남아 있어도 한껏 불만이 쌓여 있을 줄 알았다.

그래도 확실한 요리법이 있기에 걱정하진 않았다.

"그아아! 기대된다!"

그런데 그게 아니었다.

전보다 몇 배는 많아진 마물들이 5갈래로 까마득히 긴 줄을 형성하고 있었다.

조수들은 기쁜 표정으로 애타게 나를 기다리는 중이었고.

"다시 영업을 시작한다!"

"으아! 다시 요리 시작이다!"

"뭣들 해! 주방장님이 말씀하셨잖아!"

얼마 지나지 않아 달텅이 다시 구운 고기 더미를 가져왔다. 새로 부주방장을 선정한 모습이었다.

나는 조수를 100마리로 늘렸다.

늘어나는 식사자의 규모를 맞추려면 이 정도도 부족했다.

"거기! 노란색 뒤틀어진 점박이 야채 좀 줘!"

"여기! 식칼 부러졌어! 다른 것 좀!"

"받았어! 국물 좀 빨리 넘겨!"

"거의 다 됐어!"

순식간에 주방이 엄청나게 확장됐다.

나는 어지러울 정도의 바쁜 광경 중에서 씩 웃었다. 아찔할 정도로 하늘색 기운이 모여들고 있었다.

이번엔 굳이 우월자들을 신경 쓸 필요도 없다.

내가 서 있는 곳이 곧 신분상승의 발판이었다.

❖

주방의 번영은 계속됐다. 계속해서 조수가 늘어났고 점점 많은 마물들이 몰려들었다.

한 방향에서 손님을 받는 게 부족해서, 이제는 분점을 2개나 내서 3방향에서 손님을 받아야했다.

어떻게든 쓰레기 더미 쪽은 요리하는 주방 뒤쪽으로 확보했다. 비밀을 들키면 안 됐으니.

그럴수록 보안에도 신경을 더 철저히 썼다.

적어도 내가 신분상승할 때까지는, 열기를 이용한 요리법은 비밀이다.

"그아아! 나는 대체 뭐하고 산 거지! 이런 요리가 존재할 줄이야!"

"저기 봐. 거의 우월자 수준의 주방이야. 조수들 숫자가 대체 얼마야?"

"적어도 몰린 손님은 훨씬 더 많은 거 같은데? 우월자들 요리는 한동안 지났다 먹어야 감동이 있잖아. 그런데 여기는 곧장 먹어도 감동이 온다고!"

마물들이 수군거리는 걸 들었다.

과연 눈에 보이는 것처럼, 우월자들 못지않게 주방이 좋은 반응을 얻고 있었다.

일면에서는 앞선다는 평가까지 들렸다.

통통통통통.

이젠 정수리가 열리는 소리가 끊이질 않았다. 전엔 리듬이라도 있었는데, 이젠 100단위로 겹쳐져 리듬 없이 연속적으로 들려왔다.

-레벨 업!

-레벨 업!

당연히 하늘색 기운의 가장 큰 공로는 내가 가져갔다.

[카몬 - 16층 - 299위.]

이제 정상이 멀지 않았다.

"자! 거기 재료가 부족하잖아! 어서 조수들 보내서 보충해. 미리 재료를 쌓아놔야 갑자기 모자라는 일이 없다!"

"서둘러! 주방장님 명령이시잖아!"

이대로만 유지하면 문제없겠지.

"크헥!"

허나 순탄하게 1위까지 가긴 힘들 거 같았다.

"그헤엑! 이게 뭐, 킥!"

몇몇 마물들이 입에서 피를 뿜으며 바닥에 쓰러졌다. 바로 내 주방에서 나온 요리를 먹고 죽은 것이었다.

한순간 시끄럽던 마물들이 전부 침묵했다.

"뭐, 뭐야."

"여, 여기 요리를 먹고 죽었다! 요리에 독이 있는 거야!"

"그에에엑! 어쩐지 맛이 있더라! 위험한 재료로 요리하는 거 아냐?"

"그러고 보니, 쓰레기 더미 쪽에 자주 오가는 걸 내가 똑똑히 봤어!"

"나도, 나도!"

"대체 요리에 뭘 섞는 것이냐!"

마물들이 혼란에 빠져 한꺼번에 항의했다. 줄 서 있는 마물들을 다 합하면 거의 1000마리가 넘어갔다.

그렇기에 한 두 명이 독사한 걸로도 엄청난 파란이 일었다.

"그롸아아아! 모두 조용히 해라!"

나는 당황하지 않았다.

정황의 진면모를 알고 있었기에.

설마 열기에 고기를 익혔다고 해서 독성이 생길 리는 없었다. 분명 실수거나… 누군가의 모함이었다.

동족 포식자들처럼 남 잘 되는 걸 보기 싫어하는 종자들.

문득 우월자들이 떠올랐다. 명예욕으로 드글드글할 그들의 거대한 면상이 벌써부터 그려진다.

"모두 동작을 멈춰라. 내가 이제까지 먹인 마물들이 가히 몇 천 마리에 달한다! 그런데 이제 와서 둘이 죽었어.

정말 내 잘못이라 생각하는가?"

"어라. 그러고 보니."

16층 마물들은 지능이 아주 심각하게 낮진 않았다.

그래서 내 말의 뜻을 곧장 이해했다.

"확률이 얼마나 될까? 내 요리가 독을 품어서 그럴 확률
이 말야. 게다가 죽은 두 마물이 딱 3번 분점에서 나왔군."

나는 터벅터벅 3번 분점으로 걸어갔다.

분점이라곤 했지만 거의 딱 붙어 있는 노점상 구조였다.

"자, 모두 자기가 만든 요리를 먹어 봐라."

"예?"

"왜. 자기가 직접 만든 요리를 못 믿겠나? 내가 준 재료
로 깨끗하게 만들었으면 별다른 걱정이 없을 텐데?"

내 말에 3번 분점 마물들의 표정이 그야말로 다양하게
바뀌었다.

그 중에서 유독 눈에 띄는 놈이 몇 있었다. 일단 티 내지
않고 지켜봐야지.

"어서! 명령이다!"

"주방장 명령이시다! 어서 먹어!"

"먹으라고! 알아야겠다! 이 맛있는 음식을 모욕한 조수
가 있는 지!"

"나오기만 해봐! 찢어 죽일 것이다!"

내 주방 조수들은 물론 줄을 서 있던 마물들이 잔뜩 분노
를 표출했다.

그들에게 먹는 것과 요리하는 것은 인생의 전부였다.

독으로 장난을 치는 건 15층에서 태양을 모독하는 것과 비슷한 맥락이었다. 그 생태계에 대한 모욕인 듯 했다.

"읍! 전 자신 있습니다!"

마물 몇이 자기가 만든 음식을 먹었다.

그리곤 당당한 표정을 지었다.

"먹은 자들은 이리로 와서 서도록."

"압. 저도 먹었습니다."

상황의 심각성을 이해했는지, 마물들이 각자 자기가 만든 요리를 먹었다.

끝내는 오로지 몇 만 먹지 못하고 손을 벌벌 떨었다.

"으으!"

"저 자들을 감싸라!"

"어딜 도망 가! 주방장님께서 말씀하시고 있잖아!"

총 세 마리가 남았다. 자신이 만든 요리를 먹지 않고 서 있는 자들이.

도망가려 했지만 금세 내 조수들에게 둘러싸이고 말았다.

"너희들이구나."

저벅저벅 걸어가 그들이 만든 요리를 집어 들었다.

그리곤 그걸 배신자들의 입에 억지로 퍼 부으려 했다. 고기를 담근 수프 형태였는데, 입이 큰 마물에게 억지로 퍼붓기 딱 좋은 요리였다.

독을 타기에도 적합했다.

"그아아악! 다 말하겠습니다! 그만!"

"살려주십시오! 살려만 주십시오!"

배신자 마물들이 큰 머리를 쿵 바닥에 박았다.

사죄의 표시였다.

끝내 궁지에 몰리자 모든 걸 털어놓겠다고 했다.

"잘 말해야할 것이다. 보이지? 나 뿐 아니라 천에 가까운 마물들이 너희 때문에 배를 곯고 있다."

"그아아악! 빨리 말하라고!"

"이 더러운 놈들! 음식에 독을 타다니! 빨리 말하란 말이다!"

군중들까지 합세해 배신자 마물들을 닦달했다.

아찔해지는 기분에 배신자 마물들이 입을 열었다.

"저희들은 원래 우, 우월자 분들의 주방에서 조수로 일하던 마물들입니다."

"이 일을 하면 우월자 분들이 부주방장으로 승격시켜 주신다고 했습니다. 레시피도 알려주고요."

"그래서 내 주방에 침입해 요리를 망치라고 한 건가?"

"그렇습니다."

겪어보아서 알고 있다.

16층에서 가장 강렬한 기쁨은 맛난 걸 먹는 기쁨이 아닌, 요리해서 감동의 실체를 흡수하는 것이란 걸.

우월자들은 그걸 뺏기게 될까봐 두려웠던 거 같다.

그도 그럴 것이 내 주방은 정말 무시무시하게 성장하고 있었다. 나는 하루 이상 머물 생각이 없는데 말이지.

"앞장서라."

"예?"

"앞장서란 말이다. 죽기 싫으면."

"알겠습니다."

"조수들은 전부 식칼을 집어들어라. 우월자들에게 향할 것이다."

배신자 마물들을 앞세워 우월자들에게 향했다.

나는 두 가지 방향을 떠올렸다.

❖

주방 소속원들을 이끌고 우월자들의 주방에 당도했다.

내가 급히 차린 노점 주방과는 사뭇 다른 장소였다.

먹지 못하는 재료로 제법 식당다운 모습을 만들어놓았다. 규모도 규모일뿐더러 특이한 점이 많았다.

아무나 들어올 수 없게 통제하고, 수준에 따라 식사하는 장소를 구별해 놓은 모습이었다.

그래서 그런지 서열이 낮은 구간은 아예 마물이 없다시피 했다. 감동도 없는 음식을 누가 먹고 싶어 하겠는가.

"으, 골든 키친이네요. 최고급 요리는 레시피 맞교환자만 맛볼 수 있다고 합니다. 그것도 인정받은 레시피만."

"잘난 척 하는 놈들. 입맛이 다 떨어지네요."

조수들이 골든키친에 대해 알려주었다.

이미 건물 자태에서부터 불편한 서열 의식이 드러나고 있었다.

그럼에도 우월자들의 주방이라 그런지 찾는 마물들이 적진 않았다.

주로 서열이 3만 대 이상인 자들이었다.

"그 두 놈 꼭 붙들고 있어."

"알겠습니다!"

"여, 여기입니다. 원래 저희는 이곳의 조수였습니다."

저들이 여기서 받았을 대우가 뻔히 보였다.

찾아오는 마물들도 수준에 따라 음식을 달리 주는데, 주방 소속원들은 얼마나 차별했을까.

그러니 부주방장 자리를 준다고 하니 눈이 먼 것이다.

약속을 실제 지킬 거 같진 않았지만.

"골든키친의 주방장은 나아오라! 너희들이 우리 주방 요리에 독을 타라고 한 것을 알고 있다! 어서 나와라!"

"뭐야. 저 쪽 주방에 독을 타라고 했다고?"

"진짜? 우월자들이 그랬다니."

내 말에 골든키친에 식사를 하러 온 수많은 마물들이 수군거리기 시작했다.

곧 입장을 통제하는 마물이 나아왔다. 바운서 역할을 하는 자였다.

"남의 주방에 와서 이게 무슨 행패야! 허! 숫자가 한둘이 아니군. 전쟁이라도 하자 이건가?"

"주방장을 불러 와라."

"당장 꺼져라! 서열도 낮은 게 감히 누구보고 이래라 저래라야? 난 골든키친을 지키는 바운서다!"

골든키친의 입구를 통제하는 마물은 나보다 서열이 약간 높았다.

[2성 각성.]

꾸드드득.

"마지막 경고다. 주방장을 불러 와."

급격히 커진 날 보고 바운서 마물이 잠시 당황했다.

"그라아아!"

하지만 이내 기합을 내지르며 달려들었다. 자기가 서열이 조금 더 높으니 해볼만 하다는 것이다.

쿡!

간단히 손톱을 내질러 바운서 마물을 즉사시켰다. 대두 때문에 웬만한 16층 마물은 전투에 불리한 신체 구조를 가지고 있었다.

그나마 나도 각성해서 손톱을 무기처럼 사용할 수 있는 것이었다.

"우리 바운서를 죽였다!"

"불청객이다! 주방 안으로 들어가지 못하게 막아!"

"이게 무슨 행패냐!"

골든키친의 다른 바운서들이 모여들었다. 그래도 숫자가 내 주방에 비해 부족했다.

나는 그야말로 주방 소속원들 전부를 끌고 왔으니.

"그만! 대체 소동을 부리는 게 누구냐. 감히 이 몸의 아름다운 요리를 방해하다니!"

"저 놈 살점으로 요리를 하시죠!"

"마땅히!"

소란을 벌이고 나서야 골든키친의 주방장을 만날 수 있었다.

[16층 – 타겟 – 1위.]

철컥철컥.

과연 16층의 1위답게 머리통이 매우 거대했다. 1위의 머리통에는 띠가 둘러져 있었는데, 그곳에는 장식처럼 온갖 요리기구들이 걸려 있었다.

실력을 자랑하려는 의도인 거 같았는데, 내가 보기엔 우스울 뿐이었다.

과연 정말 머리통이 크구나.

"네 놈이구나! 몰려와서 소란을 부린다는 자가."

"카몬이다. 네 조수 둘이 내 주방 요리에 독을 타려고 했다. 직접 데리고 왔어."

"그하! 저 놈들이 내 조수란 걸 어떻게 증명할 거지? 게다가, 내가 알 게 뭐야. 너희들 요리가 싫어서 앙심을 품고 독을 탔을 수도 있잖아."

1위는 위치와 서열에 어울리지 않게 멍청한 변명을 늘어
놓았다.

"너희들! 저쪽 주방장이 너희들을 모른다는데? 단독 소
행으로 판단하고 너흴 죽여도 되겠지."

포로로 잡고 있는 마물 둘에게 물었다.

그러면서 슬쩍 손톱을 들었다.

피 묻은 손톱을 보고 마물 둘이 깜짝 놀라 소리쳤다.

"그아아악! 아닙니다! 진짜 저흰 골든키친의 조수였습니
다. 골든키친의 내부 구조와 레시피 몇 가지를 증거로 실토
할 수 있습니다!"

"그아! 우릴 모른 척 하다니! 위대한 주방장이시여! 당신
이 카몬 주방을 망치면 부주방장 자리를 준다고 하지 않았
습니까!"

"뭐야, 진짜인가 봐."

"저렇게까지 말하는데 확인해 봐야 하는 거 아냐?"

"진짜 골든키친 주방장이 그런 비열한 짓을 했다고? 요
리에 대한 모독인데!"

두 마물의 외침에 다른 수백의 마물들이 웅성거렸다.

그 모습을 보고 1위는 팍 인상을 찌푸렸다. 넓디넓은 그
의 미간이 징그럽게 구겨졌다.

"제기랄! 뭔가 서로 오해가 있는 거 같은데 말이지. 잠깐
따로 얘기 좀 할까? 주방장끼리 말야."

"그래. 그러도록 하지."

긴 식칼 하나를 집어 들고 1위를 따라나섰다.

1위는 골든키친 건물 뒤, 재료들을 손질하는 곳으로 날 불러냈다.

그의 거대한 얼굴이 꿈틀거리는 표정을 드러냈다.

"뭔가 서로 오해가 있는 거 같은데, 푸는 게 어떻겠나. 원하는 게 뭐야. 내가 비공식적으로 보상을 해주지! 대신 저 마물 둘의 소행으로 치고 조용히 처리하자고."

1위다운 간악함이었다. 골든키친 주방장은 내게 합의를 제안하고 있었다.

"글쎄. 그래봤자 네가 줄 보상들이 뻔하지. 너무 큰 걸 요구하면 거부할 테고. 그래서 새로운 거래를 제안하려고 한다."

내 말에 골든키친 주방장이 흥미롭다는 표정을 지었다.

1위는 특히나 얼굴이 커서 너무 징그러울 정도로 표정이 적나라하게 나타났다.

"뭐지?"

"그 전에, 왜 내 주방에 훼방을 놓은 거지. 보아하니 이 정도 주방이면 이러나 저러나 잘 굴러갈 텐데. 위협을 느낀 건가?"

"그하하! 위협이라니!"

그렇게 말하면서도 1위는 찔려하는 표정을 보였다. 그 뒤로 내뱉은 변명은 더더욱 어이없는 것이었다.

"보아하니 제법 대단한 레시피를 발견한 거 같던데… 그

점은 칭찬해주지. 단, 16층에도 상위 요리사끼리는 예의라는 게 있어."

"그게 뭔데?"

한 번 얼마나 실없는 소리를 하나 들어보기로 했다.

"내가 염탐을 보내보니까 말야, 아무런 조수나 받고 아무런 마물들에게나 최상위 요리를 먹인다고 하더군. 그래서 잔뜩 감동을 뿌린다고."

"그런데? 그게 문제가 있나."

내 말에 골든키친 주방장이 발끈하며 가느다란 손가락을 꿈틀거렸다.

"당연하지! 하찮은 것들에게 좋은 걸 먹이면 괜히 기준만 높아진단 말야! 우리처럼 수준에 따라 음식을 먹여야 뒤탈이 없어요."

전형적으로 썩어빠진 우월자의 가치관이었다.

"그런데 우리는 그리 하지 않아서 거슬렸다?"

"당연하지! 네 놈이 주방장 대 주방장으로, 내게 미리 인사만 하러 왔어도 이런 일은 없었어."

이건 또 무슨 개소리란 말인가.

"이 층에서 제법 잘 나가는 주방장 치고 내게 인사를 오지 않은 건 너 뿐이야. 내게 레시피를 바치고, 허락을 구했어야지."

"대체 무슨 소리를 하는 거지. 네가 뭐라고 내가 굳이 레시피를 바치고 먼저 인사를 해?"

"나는 16층 최고의 요리사이니라!"

골든키친 주방장이 거만하게 고개를 치켜들었다. 저러다 뒤로 넘어가 자빠지지나 않을는지.

"근데 왜 레시피는 바치라는 거야. 자신 있으면 남의 요리법을 서열로 뺏어내려 하지 않을 텐데."

"그아악! 건방진!"

내 말에 1위가 발끈하며 주먹을 쥐었다.

나도 긴 식칼을 치켜들었다.

"그흑!"

1위는 곧 손을 내렸다. 자신도 앞뒤 말이 안 맞는다는 걸 인정한 것이다.

그저 최고 자리를 지키기 위해 비겁하게 다른 주방장들을 관리하려던 것이다.

그걸 내가 못 볼 리 없지.

"네 주방은 맘대로 운영 한다 쳐도, 내 주방까지 참견할 줄이야. 게다가 대화 시도도 않고, 조수를 보내 독을 타려 하다니. 어지간히 자신이 없었나 보군. 요새는 레시피가 잘 안 떠오르나 봐?"

마구잡이로 1위를 몰아붙였다. 그러자 1위는 얼굴이 붉어지며 당최 대답을 하지 못했다.

맘 같아선 나를 어떻게 하고 싶겠지만, 평생 요리만 해왔는지 행동으로 실천하진 못했다.

"그악! 그래서 뭐! 그렇다, 어쩔래! 대체 왜 찾아온 거야?

같이 망하자 이건가? 전쟁이라도 벌이자고?"

"가장 단순한 해결법은 전쟁이지. 네 조수들과 달리 내 조수들은 싸움도 잘하거든. 깡그리 죽여버리는 것도 나쁘진 않겠네."

내 말에 1위의 표정이 경직됐다. 피 튀기는 싸움은 그도 자신 없는 분야였다.

"근데 아까 말했듯이, 나도 거래를 제안하려고 한다."

내 말에 1위가 금세 안도하는 표정을 지었다.

"그래, 그래. 주방의 머리끼리 한 번 좋게 해결해 보자고. 뭔데?"

"너는 내 레시피를 원하겠지? 당연히 난 다른 주방장처럼 순순히 바칠 생각이 없어. 그러면 네 놈이 네 것인 냥 조금 바꿔서 골든키친에서 요리하겠지."

"그으! 원한다, 어쩔래! 왜 자꾸 남의 사업 비밀을 들추려 하는 거야?"

"비밀이라기엔 너무 뻔해서. 아무튼. 내 레시피를 제공하겠다. 대신 몇 시간동안 네 조수들과 식당을 이용하겠다."

"뭐라?"

내 말에 1위가 심각한 표정을 지었다. 쉽게 골든키친을 내어줄 수 없다는 것이다.

온갖 레시피가 탄로 날 지도 몰랐고.

"이걸 먹어보면 생각이 달라질 거다."

1위도 뒤틀려서 그렇지, 누구보다 요리하는 것에 열정이 강할 것이다.

그러니 그 자리에 있는 것일 테지.

단지 어느 순간부턴 실력보단 치사한 수를 써왔을 것이다.

"자. 독은 타지 않았어. 걱정 마."

뒤춤에 넣어두었던 미트볼을 꺼내들었다. 구운 고기에 가장 강렬한 향신료만 섞어 만든 미트볼이었다.

의심할까봐 내가 일부를 떼어먹었다.

"뭐야. 이런 단순하고 한심한 요리를! 흥! 압."

1위는 투덜거리면서도 내가 건넨 미트볼을 먹었다.

그러더니 눈알이 찢어져라 커졌다.

"이게 대체! 이게 무슨! 대체 어떻게!"

1위는 믿을 수 없다는 듯 두 팔을 푸드덕거렸다.

통통통!

그의 정수리가 열려 하늘색 기운을 뿜었다.

당연한 결과였다. 1위라고 해서 생전 처음 보는 맛에 덤덤하긴 힘들었다.

"어때. 이래도 필요 없어?"

"워, 원한다. 이 요리법만 있으면 16층 전체를 만족시킬 수 있어. 다양한 구상이 떠오르는군. 원하는 게 뭐랬지?"

"네 식당과 조수들을 몇 시간동안 이용하겠다."

"아, 알겠다. 이 요리법만 알려 준다면."

"좋아. 가자고."

1위를 설득하는 데 성공했다. 1위는 모두 앞에 서서 자랑스러운 표정으로 말했다.

"자! 우리 위대한 두 주방장끼리 합의를 보았습니다! 서로 오해를 풀고자, 한동안 협력해서 위대한 요리를 선보일 것입니다!"

"카몬 주방의 소속원들이여! 전부 나를 따라 와라. 몇 시간 동안 이 주방을 사용할 것이다."

"뭐, 뭐야. 일이 어떻게 돌아가는 거야."

혼란스러워하는 마물들을 이끌고 골든키친으로 쳐들어갔다.

"주방장님. 대체 이게."

"아니, 어떻게 저런 하찮은 마물들에게 우리 주방을 내어주십니까?"

"닥쳐라, 이것들아. 몇 시간뿐이야. 다 내가 생각이 있어. 나중 가선 내 결정에 머리통을 쳐 박고 감사할 것이다."

"그욱, 알겠습니다, 그럼."

1위가 반발하는 골든키친 조수들과 부주방장들을 잠잠케 했다.

이미 그의 거대한 머릿속은 구운 고기의 맛으로 가득 차 있었다.

"자! 너희 주방장이 몇 시간동안 내게 지휘권을 위임했다. 이제 내 명령에 철저히 따르도록."

"젠장. 대체 무슨 생각이신지."

기존의 주방 소속원들에 더해, 더 많은 골든키친 조수들을 부릴 수 있게 됐다.

"자! 내가 말하는 재료들을 모아 와라. 그리고 내가 제공하는 특별한 재료를 통해 요리를 만들도록."

"뭐야. 레시피까지 바꾸는 거야?"

"시끄러. 골든키친 주방장님의 명령이잖아."

달텅과 함께 고기를 구우러 갔다. 슬그머니 1위가 따라오려 하기에 식칼을 내밀어 저지했다.

"거기까지. 아직 약속된 시간이 지나지 않았어. 참으라고."

"아으. 빨리 보고 싶은데! 이런 찢어먹을! 알았어. 알았다고."

1위를 돌려보낸 후 달텅과 단단한 실을 찾기 시작했다.

이제 조금씩 한기가 느껴진다.

허나 자신 있다. 그 전에 16층을 공략할 자신이 말이다.

❖

골든키친을 이용하니 과연 요리하는 속도가 배로 올랐다.

내 요구에 골든키친은 모든 구간을 모든 서열에게 개방했다. 적어도 몇 시간 동안은 내가 골든키친의 주인이었다.

덕분에 나는 2천 마리에 가까운 마물들을 한꺼번에 먹일 수 있었다.

"으으. 이런 말도 안 되는 일이."

당연히 1위는 주방의 전체 개방을 극도로 싫어했다. 하지만 내 요리법을 얻기 위해 몇 시간 정도는 참아야 한다는 걸 알았다.

"그하아악! 머리통에 치여 죽겠어!"

"이렇게 손님이 많다니!"

"골든키친의 대번영이다!"

"개소리! 우리 카몬 주방 덕이야!"

골든키친과 카몬 주방은 전체적으로 내 지휘 아래에서 움직이고 있었다.

1위는 그저 슬그머니 고기를 먹는 것에 신경이 팔려있었다.

도저히 믿기지 않는 듯 자꾸만 맛보고 싶어 했다. 그런다고 비밀을 알아낼 순 없을 텐데.

"어서 움직여!"

"17번 라인에 일손이 모자랍니다!"

"저쪽 좀 도와주라고!"

-레벨 업!

-레벨 업!

마물들에 둘러싸인 상태로, 모두가 바쁜 중이라 다행히 들키지 않았다.

비정상적으로 빠르게 몸이 커지고 있다는 것을.

[카몬 - 16층 - 11위.]

곧 정상이 코앞이었다. 놀랍게도 골든키친 내부에는 항상 하늘색 안개가 가득 차 있었다.

하늘색 기운이 연속적으로 모여드니 마치 안개가 깔린 듯 보이는 것이었다. 그럴수록 조수들은 더더욱 고취되어 열심히 요리를 했다.

내 통제 아래에 조수들이 일사분란하게 움직였다. 예전에 더 많은 숫자의 프리프로그를 지휘한 게 많은 도움이 되고 있었다.

"흐음. 나쁘지 않군."

한기가 느껴지는 정도를 봐선 곧 1위에게 약속한 대로 요리법을 알려줘야 할 거 같다.

물론 그 전에 난 정상에 도달해야 한다.

만약 1위를 하늘색 기운으로 넘어설 수 없다면, 극단의 방법을 써야한다.

"그후욱! 정말 맛있어!"

"그하하하!"

통통통통통.

마치 빗소리처럼 골든키친의 온갖 곳이 정수리 열리는 소리로 뒤덮였다.

조수들도 식사를 해야 했기에, 종종 서로 해준 요리를 먹이곤 정수리가 열렸다. 그 모습이 꽤나 해학적이었다.

나는 요리를 지휘하며 느긋하게 때를 기다렸다.

통통통통.

-레벨 업!

-레벨 업!

❖

[카몬 - 16층 - 2위.]

마침내 때가 왔다. 던전이 눈에 띄게 차가워지는 것과 동시에, 서열이 거의 최정상급에 도달했다.

아니나 다를까 1위가 머리를 뒤뚱거리며 내게 다가왔다.

"자! 이제 약속한 대료 요리법을 알려다오! 어서! 네 주방 조수들도 전부 여기서 빼내고 말야. 약속을 지켜야지? 안 그러면 진짜 나도 전쟁밖엥 없어."

"알겠다. 따라 와."

1위를 앞지르려면 아직도 꽤 많이 성장해야 하나 보다.

하늘색 기운을 마구잡이로 들이 삼키고 있는데도 서열이 2위에 머물렀다.

골든키친을 빠져나가며 달텅에게 조용히 속삭였다.

달텅은 부주방장 10마리를 끌고 다니며 매순간 구운 고기를 공급하느라 상당히 바쁜 상태였다.

"달텅. 공개 해."

"오! 정말입니까?"

"잠시 1위와 어디 좀 다녀오도록 하지."

"알겠습니다. 말씀하신 대로 대놓고 공개하도록 하겠습니다. 다른 구덩이로 데려가서 시범을 보이겠습니다."

달텅과 조용히 대화를 마친 후 재촉하는 1위를 따랐다.

우리 둘은 쓰레기 더미로 향했다.

"그흐흐. 역시 쓰레기 더미에 뭔가 있는 거야, 그렇지? 일반적으론 먹지 못한다고 생각했던 재료 중에 몇 개가 엄청난 맛을 내는 걸 거야."

1위는 잔뜩 흥분하여 말이 많아졌다.

나는 그를 묵묵히 구덩이로 이끌었다.

"자, 잘 봐라."

실로 고기를 꿰서 구덩이 아래로 던졌다. 이젠 너무나도 익숙한 작업이었다.

"뭐하는 거야. 비밀을 알려달라니까 왜 재료를 버려서 장난을 치나?"

"멍청하게 굴지 말고 잠시 기다리도록!"

내 말에 1위가 뾰로통한 표정을 지으며 제자리에 주저앉았다.

잠시 후 나는 실을 잡아 당겨 구워진 고기를 끌어올렸다.

"왜 구덩이에 굳이 고기를… 그학! 붉은 고기가!"

"이렇게 요리하면 되는 것이다."

"이럴 수가! 그헤엑. 그랬던 거였어. 그러니까 최고 요리사인 나도 잘 모를 수밖에 없지. 애초에 16층에서 요리한 게 아니었어. 15층에서 요리한 거였군! 뜨거운 곳에 두면 재료가 변하는 거였어."

"그래. 이제 만족하나?"

"그하하하! 물론이다! 한 번 먹어보자꾸나!"

1위가 반가운 표정으로 구운 고기를 한 입에 삼켜버렸다.

통통!

"그하하하! 바로 이 맛이다! 저리 비켜. 이번엔 내가 해볼 것이야."

비밀을 알게 되자 1위의 태도가 곧장 바뀌었다. 이젠 내가 필요 없다는 식의 태도였다.

1위는 실을 고기에 꿰더니 그걸 구덩이 아래로 던졌다. 그러더니 잠시 후 실을 잡아당겨 구운 고기를 잡아챘다.

"그하! 이렇게 어이없을 정도로 단순할 줄이야. 수십 가지 쓰레기를 섞어서 뭔가를 하는 줄 알았는데. 이런 단순한 방법이라니!"

"이제 돌아가자고. 골든키친을 정리해야지."

"그래. 아, 참고로 말하는데. 앞으로 네 주방도 서열에 따라 음식을 분배하도록 해라. 안 그러면 다른 주방장들에게 말해, 구덩이에 접근하지 못하게 할 거야!"

1위는 더더욱 돌변하는 모습을 보였다.

이젠 비밀을 알게 됐으니 다시 내 주방을 통제하려 했다.

"싫어. 어차피 이제 난 주방을 지휘하지 않을 것이다."

"그하하하! 그렇겠지. 이제 비밀이 네 것만이 아니니, 네 주방은 그저 평범하고 하찮은 주방에 지나지 않는다. 앞으로 갈색 고기는 골든키친의 상징이 될 것이야!"

"글쎄."

아직 조금의 시간이 남아있었다.

돌아가서 하늘색 기운을 흡수하고도 자연스레 1위가 되지 않는다면, 곧장 1위를 구덩이로 밀어 넣을 생각이었다.

각성해서 제거해도 되고.

"가지."

내 짤막한 말에 1위가 만족스럽게 뒤따랐다.

"그흐흐. 골든키친을 빌려주는 게 기분 나쁘긴 했지만… 네 놈은 어쨌건 손해 보는 거래를 한 거야. 네 말대로 주방 관리는 물 건너 간 거야. 그냥 떠돌아다니기나 해라!"

따라오며 1위는 실컷 나를 조롱했다.

자신이 완전히 다시 주도권을 되찾았다 이거였다.

나는 조용히 웃으며 앞장섰다. 당연히 1위는 내 표정을 보지 못했을 거다.

"뭐야!"

골든키친에 도달한 1위가 깜짝 놀라 외쳤다.

2천에 가깝던 식사자들이 어느새 100마리도 남아있지 않았다.

게다가 카몬 주방은 물론 골든 키친의 조수들마저 눈에 띄게 줄어있었다.

1위가 곧장 내게 신경질적으로 소리 질렀다.

"무, 무슨 짓을 한 것이냐! 설마 내 주방에 독이라도 탄 것이야?"

스윽 뒤돌아 1위를 노려보았다.

"아니. 내가 너처럼 비열한 놈인 줄 아느냐? 나는 너와 약속을 지켰어."

"그건 알고 있어! 지금 이 상황을 설명하라는 말이다!"

"약속은 네게 요리법의 비밀을 알려주는 거였어. 신중하게 생각해 봐. 네게만 알려주는 게 아니었다고."

거대한 1위의 면상이 한동안 꿈틀거렸다. 그러더니 잠시 후에야 경악한 표정으로 거대한 입을 떡 벌렸다.

"설마!"

"이제야 이해했나 보군."

"서, 설마 마물들에게 구덩이의 비밀을 전부 공개한 것이냐! 이런 미친! 대체 네가 무슨 짓을 한 줄 알아?"

1위가 눈이 시뻘게지도록 분노하며 내게 소리쳤다. 나는 담담한 어조로 대답했다.

"당연히 알지. 한심하게 서열을 나누어 잘난 척 하는 네 놈의 주방이 망할 테고, 비밀은 흔하디흔한 요리법으로 퍼져 떠돌이 마물조차 갈색 고기를 요리할 수 있게 될 것이다."

"그아아아! 네 주방이 망하는 김에 비밀을 폭로하겠다 이것이냐!"

1위는 이해하지 못할 것이었다.

내가 발견한 간단한 요리법으로 인해 16층엔 새로운 변화가 올 테다. 모든 요리의 질이 비약적으로 상승할 것이었다.

그럼 더더욱 많은 연구가 이루어지겠지. 올라가기 전 남길 법한 뿌듯한 업적이었다.

달텅은 그 점을 이해할 게 분명했다.

1위의 입장에선 단순한 해코지로밖에 보이지 않겠지.

"그아아아! 죽여 버리겠다!"

1위가 끝내는 살심에 사로잡혔다.

평생 요리만 하느라 전투에 익숙지 않았음에도 난폭하게 손톱을 치켜들었다.

"네 놈의 살점을 15층 구덩이에 구워 먹을 것이다! 그래야 직성이 풀리리라!"

1위는 내가 자신의 권력을 망가뜨렸다고 생각하는 것이다. 원래는 구운 고기로 16층을 확실히 장악하려 했겠지.

하지만 본래 요리법은 내 것이었지 놈의 것이 아니었다.

만천하에 공개하는 건 내 자유였다. 나는 그와의 약속을 지켰고.

분명 1위는 독점 계약을 제안하고 싶었겠지만, 정확한 구두 계약의 내용은 그게 아니었다.

"그하!"

[2성 각성.]

1위가 내지르는 손톱을 피했다. 각성한 덕분에 팔다리 근육의 강도와 탄력이 배로 증가했다.

"그하아악! 죽이겠다!"

난 1위의 꽉 막힌 가치관을 역으로 이용한 것이었다. 1위의 상식에선 절대 레시피를 모두에게 공개할 일이 없었다.

그래서 구두 계약 내용을 그리 허술하게 제안한 것이었다.

서걱!

뒤로 물러서며 1위의 머리통을 잔뜩 긁었다.

놈은 피를 흘리며 바닥에 주저앉았다.

서열은 내가 아래였지만 각성 덕분에 힘에선 내가 앞서는 상태였다. 이미 5위 때부터 1위를 힘으로 압도할 자신이 있었다.

각성을 했다는 전제 하에.

그래도 1위라고, 손톱이 푹 들어가진 않았다. 두개골이 유달리 단단한 듯 했다.

"그하아아악! 분하다! 진정으로 16층의 주인이 될 수 있었는데!"

어찌 보면 16층 서열 1위는 제법 까다로운 자리였다.

분명 서열 본능에 의해 다른 마물들에겐 1위로 인식되겠지만, 그에 걸맞은 마땅한 실력을 선보여야만 했다.

존재 자체로 초월적인 권력을 가지는 15층이나 14층과는 달랐다.

그런 부담감이 1위를 오랜 기간 잠식해 온 거 같았다.

"쉬어라."

손톱을 세운 채로 저벅저벅 1위에게 걸어갔다.

내가 예상한 것보다도 골든키친은 빠르게 망해버렸다. 그래서 하늘색 기운을 모을 수단이 거의 사라져버렸다.

1위를 죽이는 것이 시간 내에 신분상승할 유일한 방법이었다.

"그허어어! 살려만다오! 이제야 갈색 고기의 비밀을 알게 됐는데! 다양한 요리를 해보고 싶단 말이다! 내가 기존에 가지고 있던 레시피들이 아깝지도 않는가?"

1위는 요리에 대한 열정으로 내게 목숨을 구걸했다.

허나 내가 공감하는 부분은 극히 일부였다.

"어차피 그 레시피들 대부분은 서열로 뜯어낸 남의 것이잖느냐! 게다가, 이 층엔 너 말고도 요리에 열정이 가득한 마물들이 아주 많아. 그것도 깨끗한 방법으로 요리하는 놈들이."

"그아아!"

손톱을 척 들어올렸다. 이제 끝낼 차례다.

콰르르릉!

"그하악!"

손톱을 내리치려는데, 신경도 쓰지 않고 있던 위 천장 구멍에서 보라색 번개가 내리쳤다.

나는 뒤로 나자빠져 몇 바퀴를 구를 수밖에 없었다.

-크흐흐흐. 찾았다!

섬뜩한 유령의 목소리 같았다. 갑자기 17층 존재가 나타난 걸까.

그게 아니라면….

-놀랍구나. 조금 전만 해도 15층의 화력 발전을 방해했던 놈이… 이제는 16층의 서열 1위를 죽이려 하고 있다니! 역시 뫼비우스 초끈이야! 크하하하!

보라색 유령의 말에 절망적인 공포를 느꼈다.

끝내 추적당하고 말았다. 본래라면 은밀하게 신분상승을 얻어냈을 것이다.

하지만 뫼비우스 초끈의 퀘스트 때문에 1위가 될 때마다 던전에 상당한 혼란을 야기했다.

그것 때문에 결국 추적당한 거 같다.

"크흐."

-네 놈을 제거하고 보물을 더 자격이 있는 분들에게 가져다 드릴 것이다!

스르르륵.

보라색 유령이 안개처럼 흐려지더니 이내 1위에게 스며들었다.

-크하아아아!

다 죽어가던 1위가 벌떡 일어섰다.

크드드득, 우드득.

1위가 급작스레 각성하며 몸이 불어나기 시작했다. 내 것보다 훨씬 기괴하고 빠른 정도의 각성이었다.

-1층의 벌레 수준에서 그간 잘도 기어 올라왔구나! 이젠 끝이니라!

쾅!

변이한 1위가 땅을 박차고 내게 도약해왔다.

보라색 유령의 정체나 목적을 추측할 여유 따윈 없었다.

일단은 변이한 1위를 제거해야만 했다.

지금의 위기를 넘겨야만 나를 추적하는 자들을 역추적할 수 있으리라.

텅!

나도 땅을 박차며 변이체에게 달려들었다.

척 봐도 내가 모든 면에서 딸리는 상황이다.

딱 하나를 제외하고는.

보라색 유령은 방금 16층 마물의 몸에 깃들였지만, 적어도 나는 몇 시간동안 이 몸으로 살아왔다.

변이체가 육중한 팔을 치켜들었다.

순간 똑똑히 볼 수 있었다. 놈의 팔이 기괴하게 뒤틀리며 더더욱 늘어나고 커지는 것을.

쫘광!

놈이 내리친 땅이 움푹 파여 들어갔다.

나는 순간적 판단으로, 큰 머리통을 놈에게 딱 들이밀었다.

-크뤠엑!

덕분에 결국 나자빠진 건 변이체였다.

-크르르르.

놈도 큰 머리 때문에 균형 잡는 게 쉽지 않아보였다. 기괴하게 불어난 근력으로 억지로 몸을 지탱하는 게 보였다.

"그우욱."

반면 나는 어느 정도 능숙하게 머리통의 균형을 잡을 수 있었다.

-죽어라, 파렴치한 보물 도둑아!

콰광!

이번에도 변이체는 거대한 팔을 휘둘러 나를 내리치려 했다.

나는 뒤로 굴러 식칼을 날렸다.

-크랙!

변이체의 머리통에 식칼이 박혀 들어갔다.

-너를 죽일 것이다.

허나 놈은 끄떡없다는 듯 멀쩡하게 나를 향해 뛰어왔다.

완전히 머리를 절단해야 소멸시킬 수 있는 건가.

-키뤠에에엑!

이번에는 피할 수 없을 거 같았다.

그래서 아예 골든키친 내부로 몸을 던졌다.

콰광!

덕분에 무기질 재료로 만들어진 골든키친의 한 부분이 우르르 무너져 내렸다.

그토록 1위가 아끼던 곳인데.

1위는 완전히 의식을 잠식당했나 보다.

-크흐흐. 숨으면 조금이라도 더 살 것 같나?

콰광! 쾅쾅!

변이체가 망설이지 않고 골든키친을 깨부수기 시작했다.

"그아아악! 괴물이다!"

"그윽! 도망 쳐! 위층에서 내려온 거 같아!"

16층 마물들은 처음 보는 변이체에 혼비백산하여 도망쳤다.

머리통이 큰 것 외에는, 어딜 봐도 변이체는 16층 마물과 다른 존재였다.

보라색 유령이 저토록 육신을 뒤틀고 바꿀 수 있다니.

내 경우엔 각성을 하더라도 저렇게 육신이 변하진 않는다. 그래도 같은 층 마물들에게 동족으로 인식될 정도였다.

-크롸! 나와라! 나오란 말이다!

쿠구궁.

골든키친이 거의 다 무너져가는 중이었다.

그동안 나는 최대한 골든키친 안에서 식칼들을 모았다.

철컥, 철커덕.

그리곤 골든키친이 쓰러기 전, 한아름 식칼을 들고서

그곳을 빠져나왔다. 무리하여 든 바람에 식칼에 몸이 베였다.

이 정도는 감수할 만 했다.

승부수를 띄워보려면.

-크아아아! 거기 있구나, 이 놈!

휙!

식칼을 하나씩 던지기 시작했다. 손가락이 길어지고 각성까지 한 터라 제법 투척 능력이 괜찮았다.

푹!

-키랙!

변이체가 고통스러워하는 게 보였다.

나는 뒤틀린 놈의 몸에서 관절 역할을 하는 곳에 식칼을 던졌다.

푹! 푹!

-크롸아아아! 그런 장난감으로 날 막을 수 있을 거 같으냐!

변이체는 피를 뿜으면서도 끝내 내게 가까워졌다. 식칼을 거의 10개 넘게 박았는데도 우드득 소리를 내며 앞으로 발을 내밀었다.

-네 놈을 직접 씹어 먹어주겠다!

"그윽."

나는 뒤돌아 도망치기 시작했다.

보라색 유령은 16층에 대해 잘 모른다.

-크아아아! 또 도망치는 것이냐!

무거운 머리통이 짜증나는 듯 변이체가 무리하면서까지 날 쫓았다.

속도에선 내가 앞선 덕에, 먼저 구덩이에 도달할 수 있었다.

나는 구덩이 앞에 서서 손톱을 치켜들었다.

"이리 와라! 뫼비우스 초끈은 내 것이다! 네 놈을 죽이고 내가 독차지할 것이야!"

-크하하하! 궁지에 몰리니 미쳐버린 건가? 네까짓 게 그 보물을 어떻게 지키겠다는 거냐! 제법 빨리 기어 올라왔다만, 그 뿐이다!

쾅쾅!

변이체가 매섭게 돌격해오기 시작했다. 도발에 반응한 것이었다.

나는 제자리에 서서 자세를 낮췄다.

죽이기 힘들다면, 구덩이 아래로 낙사시키면 그만이다.

-죽어라!

변이체가 힘껏 나를 향해 뒤틀린 팔목을 휘둘렀다. 나는 몸을 던져 아슬아슬하게 놈의 공격을 피했다.

-크롸!

변이체가 휘청거리며 구덩이로 넘어질 뻔 했다. 그러나 발바닥에서 급격히 촉수를 뿜어내 자세를 고정했다.

-크하하하! 나를 이곳에 빠뜨려 죽이려 했나 보지? 그래 봤자 다 소용 없는…!

척! 척척!

변이체가 의아한 듯이 뒤를 돌아보았다.

뒤편에는 달팅의 지휘를 받는 카몬 주방이 우르르 서 있었다.

쓰레기 더미에 숨어 있다 튀어 나온 거 같았다.

카몬 주방은 변이체에게 낚시 바늘을 엮은 단단한 줄을 걸어놓은 상태였다.

"잡아 당겨라! 그우욱!"

"그욱! 잡아 당겨라!"

달팅의 명령에 일제히 카몬 주방이 줄을 잡아당겼다.

-크아아악! 안 돼! 안 된다고! 겨우 저따위 하찮은 마물들에게!

스르륵.

보라색 유령이 급격히 변이체의 몸을 버리려고 했다. 뭔가 잘못됐단 걸 깨달은 것이다. 허나 시간이 걸리는 듯 곧장 빠져나오진 못했다.

"당겨!"

팅! 팅!

변이체가 힘으로 발악을 해서 걸려 있던 줄이 하나둘씩 끊어졌다.

툭.

-크하아악! 이런 개망신이!

끝내 변이체는 구덩이로 끌려들어가고 말았다. 뒤편에서

잡아당기는 100마리에 가까운 마물들의 힘이 더 우세했다.

보라색 유령도 끝내 빠져나오지 못한 모습이었다. 카몬 주방의 마물들은 일제히 잡고 있던 끈을 놓았다.

-크뤠에에엑!

뜨거움에 비명 지르는 소리가 아득히 들려왔다. 타 죽거나 바닥에 부딪쳐 죽거나, 어차피 둘 중 하나일 것이다.

"후!"

[카몬 - 16층 - 1위.]

마침내 16층을 공략했다.

아직 밤이 끝나지 않았다. 정말 밤의 끝자락에 도달하긴 한 거 같다. 온 몸이 파르르 떨려오고 있었다.

[추종자 퀘스트: 16층의 요리법을 혁신하라! 보상: 추종자와 함께 신분상승.]

[퀘스트 완료! 추종자와 함께 신분상승합니다.]

흥미로운 일이 벌어졌다. 본의 아니게 미리 추종자 퀘스트를 완료한 상황이었다.

15층의 열기를 이용한 요리법. 가히 혁신적이라고 할 정도로 새로운 요소였다.

"카몬님!"

"달팅! 덕분에 살았다! 대체 어떻게 된 거야?"

"1위가 갑자기 변한 걸 보고, 해산하려던 카몬 주방에게 도움을 청했습니다. 카몬님께서 공개하신 위대한 요리법 덕에, 흔쾌히 마물들이 도움을 주겠다고 했습니다."

"모두 고맙구나!"

"아닙니다! 위대한 주방장 카몬님이시여! 저희들이 받은 것에 비하면 이 정도는 아무 것도 아닙니다!"

마물들이 각자 식칼을 치켜 올리며 나를 칭송했다.

[1인자 등극을 축하합니다. 17층으로 신분상승하시겠습니까? 아니면 16층의 특혜를 누리며 안정적인 삶을 택하시겠습니까?]

시간이 없었다.

짤막하게 달텅에게 외쳤다.

"위에서 보자꾸나!"

"네, 카몬님! 이번에도 수고 많으셨습니다!"

[신분상승 선택.]

눈이 감겼다. 밤이 다해서인지, 위층으로 올라가기 위함인지는 알 수 없었다.

허나, 마음만큼은 편했다.

어디서 눈을 뜰까 했는데 심연이었다.

아직 밤인 건가.

[뫼비우스 주사위를 굴립니다.]

─잠깐!

능숙하게 주홍색 초끈을 보내려는데, 심연에서 또 다른

주홍빛이 번쩍였다.

전에 들었던 그 목소리였다.

나는 황급히 주홍색 실끈을 멈추려 했다. 그러자 정말 초끈이 내 의지대로 멈췄다.

−잘하고 있다. 하지만 추격당하고 있어. 그러니 빨리 20층까지 가야 해! 조만간 내가 탈옥할 수 있을 것이다.

상당히 일방적인 의사 전달이었다.

그럼에도 제법 많은 정보를 담고 있었다.

나와 초끈으로 연결된 존재가 어딘가에 갇혀 있는 건가.

말을 하고 싶었지만 역으로 주홍빛 존재에게 말할 수 있는 수단이 없었다.

목소리도 더 이상 말을 잇지 않았다.

안하는 게 아니라 못하는 것일 가능성이 높았다.

[뫼비우스 주사위를 굴립니다.]

다시 주홍색 초끈을 움직였다.

[17층에선 1만 9110위로 시작합니다.]

이번엔 더더욱 우월한 서열을 얻었다.

주사위야 말로 신분상승을 가속시켜주는 가장 결정적인 요인이었다. 물론 생존과 신분상승을 성공한 직후에만 적용되는 얘기였다.

20층으로 빨리 올라오라고 했다. 그 때엔 모든 게 더더욱 빨라지겠지.

달텅 뿐 아니라 더더욱 거대한 존재와 함께 상승하게 될 테니.

❖

17층에서 눈을 뜰 줄 알았는데 내 자취방 침대였다.

정말 밤이 딱 끝나기 직전에 신분상승을 한 거 같았다. 여러 전략과 상황 판단이 합쳐져 이뤄낸 결과인 거 같다.

"으으."

꼬르르륵.

머리가 지끈거릴 정도의 무게감이 느껴졌다. 아직도 대두를 지니고 있는 기분이었다.

얼른 손으로 머리통을 어루만져 실제의 정상적인 크기를 가늠했다. 그제야 안심이 됐다.

다음으론 배가 매우 극심히 고파왔다.

나도 모르게 식탐이 끓어, 약 30만원 어치 배달 음식을 시켰다.

"아웁! 우웁!"

돼지처럼 음식을 계속 퍼먹었다.

놀랍게도 난 30만원 어치 음식을 다 먹을 수 있었다.

초인이어서 소화력이 대단할 뿐 아니라, 실제 그 정도 식사를 할 배고픔과 식탐이 느껴졌다. 만약 초인이 아니었어도 토하며 먹었을 정도였다.

"후아."

적어도 앞으로 다시 16층을 겪을 일이 없어 다행이다.

먹고 나니 상당한 자괴감이 들었다. 잠시나마 인간이 아닌, 포악한 돼지가 된 기분이었다.

"아차."

얼른 씻고 옷을 갈아입었다.

난 더 깨끗하고 넓은 자취방으로 이사한 상태였다. 게다가 자취방 앞엔 8천만 원대를 호가하는 제법 비싼 승용차가 대기하고 있었다.

내가 직접 운전하고 다니는 차였다.

남궁철곤이 선물해준 차에 비하면 고철 수준이었지만, 내 나이엔 호화로운 자동차였다.

-일어났어? 준후야.

여자친구 여진이에게 문자가 와 있었다. 앞으로 캠퍼스 생활을 같이하게 될 재수생 동기다.

-물론이지. 픽업하러 갈게. 조금만 기다려!

-으응. 기다릴게, 자기야.

여진이가 낯 간지러운 말을 한 걸 보고 피식 웃었다.

이젠 2G 폰이 아니었다. 당당하게 대학에 입성한 덕에 나도 일반 사람들처럼 스마트폰을 쓰고 있었다.

그래서 여진이가 보내주는 이모티콘을 충실히 받아볼 수 있었다. 자기야-라는 말과 함께 귀여운 토끼 이모티콘이 춤을 추고 있었다.

"푸하하."

미소를 지으며 집을 나섰다.

오늘은 꽤 의미 있는 날이다. 단순히 내가 입학한 컴퓨터 공학과의 OT 날이 아니었다.

여진이에게 처음으로 내 재력을 드러내는 날이었다. 그간은 그냥 평범한 학생인 척을 했다.

당연히 내가 보유한 차나 돈의 규모 등을 드러내지 않았었다.

"너무 놀라진 않으려나."

여진이는 여러모로 예쁘고 기특한 여자였다. 내가 돈이 많아 보이지 않아도, 다른 남자와 비교하지 않았다.

그렇다고 물질적인 걸 밝히지도 않았다.

되레 더치페이를 하겠다며 늘 상 내가 지갑을 못 꺼내게 했었다.

그마저도 일부러 돈을 조금 담은 일반 지갑이었지만.

"후, 이 정도면 멋지겠지!"

멋드러진 새 옷과 비싼 손목시계를 걸쳤다.

더 멋을 부릴까하다가 자제하기로 했다.

탁!

멋진 승용차에 탄 다음 음악을 크게 틀었다. 이제야 어깨에 힘이 들어가는 거 같다.

"후후."

다른 사람에게 잘난 척 하는 건 재미없었다.

어차피 갑질을 사용하면 우리나라 대부분이 내 말에 복종해야했다. 그런 우월의식에 빠지지 않기로 매순간 다짐했다.

하지만 여진에게만큼은 잘 보이고 싶었다.

그래서 벌금을 물면서까지 속도를 냈다.

탁!

여진이가 기다리는 곳에 멈춰 서서 멋지게 내려 차문을 닫았다.

"여진아!"

"음?"

내 부름에 여진이가 반갑게 인사를 했다. 그러다 내 차를 보곤 뭔가 불만스러운 표정을 지었다.

대학 수업이 시작하기도 전에 또 싸울 순 없지.

나는 바쁘게 머리를 굴리기 시작했다.

3 장 - 스컬 소환사

신분상승 가속자

3 장 - 스컬 소환사

물론 여진이는 곧장 화를 내거나 언성을 높이진 않았다. 이젠 몇 달을 본 사이기에, 미세한 얼굴의 표정 변화를 내가 포착해낼 수 있는 거였다.

일단 조심스러운 어조로 말했다.

"어때? 새로 산 차야. 이제 우리 아무 곳이나 편하게 놀러 다닐 수 있어. 버스나 택시 타지 않아도 말야."

"난 같이 대중교통 타고 다니는 것도 나쁘지 않았는걸."

"그런가. 대신 이 차에 타면 둘 뿐이잖아. 편히 대화하는 건 물론 운전하는 중에 손도 잡을 수 있지!"

턱 여진이의 손을 잡았다. 그러자 여진이가 피식 웃었다.

"근데 무슨 돈으로 산거야? 그동안 말한 알바 비 털어서 산거야? 설마 대출 받거나 빚져서 산 건 아니지?"

"푸하하! 어이구, 마누라네. 그렇게까지 걱정 해주는 거야?"

"곧 있으면 우리 학비 마련해야 하잖아. 근데 너무 초반부터 큰 지출한 게 아닌가 해서. 새내기라 설레는 건 이해한다만."

"음. 여진아. 일단 차에 타서 얘기할까. 시원하게 에어컨 틀고."

"응! 아무튼 차 산 거는 축하해. 멋지다."

여진이의 머리를 쓰다듬어주었다.

"오냐. 그리 말해주니 얼마나 좋아. 타시지요, 여친님."

탁!

여진이를 태운 다음 내가 운전석에 앉았다. 그러자 진짜 성인이 된 기분이 들었다.

그간 틈새에서 괴수를 죽이고 던전에서 마물들과 싸워왔다. 그 외에도 국제적인 수준에서 노는 가디언즈와 노블립스 사이에서 생존했다.

그럼에도 내가 생각하는 내 정체성은 재수생이었다. 고등학생도 대학생도 아닌 애매한 성인.

"하아!"

허나 지금은 달랐다.

차를 사고, 대학에 들어간 후 여자 친구를 옆자리에 태우니 비로소 실감이 났다.

"오늘은 술 한 잔 할까?"

"어머, 술을?"

"우리 원래부터 나이는 됐잖아. 공부하느라 자제한 거지."

"하하. 그러네. 그러고 보니 우리 둘이 마셔본 적은 처음이다. 아, 근데 다음에 마시자. 나 오늘은 친구 만나야 돼."

여진이가 픽 웃으며 내 어깨에 손을 얹었다. 언제 봐도 얼굴만큼이나 뽀얗고 고운 손이다.

어쩜 저리 완벽한 비율과 곡률을 가지는 걸까.

"뭐야. 나랑은 처음? 다른 남자 누구랑 마셔봤어! 어떤 놈이야."

장난 반 진담 반으로 정색했다. 그리곤 여진이에게 얼굴을 가까이하며 물었다.

아침에 뿌린 향수가 조금이라도 전해지려나.

내 눈을 잠시 응시하더니 여진이가 픽 웃었다.

"야. 우리 아빠 보고 놈이라고 하는 거야? 이른다?"

"으엇. 아버지 말한 거구나. 순간 질투 날 뻔 했잖아."

"어유, 질투도 해요? 맨날 바빠서 내 생각은 안 하는 줄 알았더니!"

여진이가 볼을 꼬집으며 잔뜩 날 놀렸다. 당황한 표정으로 볼이 늘어난 채 말했다.

"당연하지. 이 차도 너 편하게 모시고 다니고 싶어서 산 거다! 원래 더 일찍 사려다, 공부해야 돼서 자제한 거야."

"근데 우리 준후 피부가 참 탱탱하네."

당연하지. 초인의 피부인데 피부 트러블이 있을 리가 없다. 칼도 막아내는 피부인데.

하지만 타고난 아름다움은 여진이의 피부를 따라가지 못했다. 그저 원래 지니고 있는 피부에서 최상위 컨디션일 뿐이었다.

"근데 준후야, 이 차는 어떻게 샀다고 했지?"

"아."

이제 재력을 드러낼 때가 됐다. 가장 간단하고 쉬운 길을 가려고 한다.

전에 가족들을 이사시킬 때 느낀 점이 있었다.

"사실 우리 가족이 좀 살거든."

"음?"

여진이가 의외라는 듯이 반응했다.

그도 그럴 것이, 내 씀씀이나 행동은 그저 평범한 가정에서 자란 애 같았다.

되레 검소한 편이었지.

"막 엄청난 부자고 그런 건 아냐. 그간 오해하게 만들었다면 미안해. 재수생이라 용돈도 적게 받고 태도도 검소하게 지켜야 했어."

내 말에 여진이가 잠시 말이 없었다.

배신감을 느끼는 것일까. 하긴. 나 정도 재력이면 그간 더 좋은 걸 먹이고 더 좋은 걸 선물할 수 있었을 테다.

섭섭해 하더라도 이상한 건 아니었다.

일단은 갑질 없이 풀어주려 해보고, 정 안 되면 마지막 수단으로 사용할 것이다.

나는 여진이를 놓아줄 생각이 없다.

예전이나 지금이나 마찬가지였다.

"야!"

툭.

"으, 응?"

여진이가 뾰로통한 표정을 하며 내 등짝을 쳤다.

나는 깜짝 놀라 대답했다.

"풋."

휘둥그레진 내 눈을 보고 여진이가 미소를 지었다. 이게 지금 무슨 상황이지.

분명 화를 내고 때리는 상황이긴 했지만, 여진이의 크고 동그란 눈망울엔 장난기가 어려 있었다.

좋게 넘어가주는 건가.

"어쩐지! 가끔 이상하다 싶을 만큼 돈을 막 쓴다 했어. 진작 말해주지."

"아… 그렇지? 그냥 같이 대학에 입학하고 말하고 싶었어. 꿈같은 거랄까. 딱 이렇게 차에 태우고 멋있게 말하고 싶었거든. 안 그러면 허세 같잖아."

"꺄하하! 낭만적이기도 하다. 뭐, 그런 거라면 알겠어. 나는 그동안 네가 경제관념이 잘못된 건 아닐까 얼마나 걱정한 줄 알아? 응?"

여진이가 원망스럽게 쳐다보자 확 안아버렸다.

왜 자기한테 돈을 더 쓰지 않았냐고 따지는 게 아니었다.

그간 왜 괜히 걱정시켰냐는 것이다. 내 생각을 참 많이 해주는구나.

"대신 오늘은 내가 풀코스로 쏜다. 이제부턴 오늘 같은 수준으로 대해줄 거야. 그러니까 실컷 즐기면 돼."

"어머. 신데렐라 다 됐네. 그렇게까지 안 해도 돼. 내가 전에 말했잖아. 난 그런 화려함보다 소소한 일상이 좋다구!"

그렇게 말하는 여진이가 귀여워서 미칠 거 같았다.

그녀는 내가 돈이 많은 사람이란 걸 알고도 한결 같은 모습을 보였다. 갑자기 날 더 좋아하지도, 덜 좋아하지도 않았다.

정말 나란 사람을 몇 달 동안 지켜봐 준 거구나.

"에이! 화려함 속에서 소소하면 되지!"

"푸하하! 그게 뭐냐!"

깔깔대며 고급 레스토랑으로 향했다. 당연히 최고급 코스 요리와 와인을 주문했다. 즐거운 식사를 마친 후 잔뜩 쇼핑을 했다.

내 것은 물론 여진이 옷도 실컷 사주었다.

여진이는 끝내 사양하면서도, 내가 정색하자 싫은 기색으로나마 선물을 받아주었다.

"네가 부담스러운 건 알겠는데, 그동안 참아왔을 내 심

정도 이해해주라! 자수생이라 자숙하는데 너한테까지 덜 잘해줘야 되니까. 얼마나 서러웠겠어?"

"어이구, 서럽기까지! 참느라 고생했네! 참나, 하하!"

쇼핑을 마친 뒤엔 여진이를 집에 바래다주었다.

차가 있으니 모든 이동 과정이 수월했다.

날씨가 덥다고 해서 땀을 흘릴 필요도 없었다.

"잘 들어가!"

"으응! 오늘 즐거웠어, 준후야. 이제 좀 더 너를 알겠다. 그간 왜 그렇게 여유가 넘치나 했는데, 머리가 똑똑한 거 뿐 아니라 집안에 돈이 많아서였구나."

"하하. 그런가. 남 말 하시네. 얼굴과 머리 둘 다 갖추시 고는."

남이 들었으면 짜증내며 욕했을 법한 대화였다.

그 정도로 오늘의 분위기는 즐거웠다.

그녀의 본심을 이해하니 갑질 없이도 충분히 원만한 데 이트를 이어나갈 수 있었다.

"어! 그러고 보니 너 OT!"

여진이가 이제야 생각난 듯 손뼉을 치며 놀랐다.

"어유. 걱정도 빨리 해준다. 걱정 말아. 늦어도 된다고 했어."

"아아! 잘 다녀와! 선배님들한테 얼굴 도장 제대로 찍고 말야!"

"그래. 연락할게."

"으응."

여진이를 들여보내고 차에 탔다.

당연히 선배들은 늦어도 된다는 말을 하지 않았다. 먼저 버스에 다른 신입생들을 태워서 출발했을 거다.

목적지를 알기에 나는 따로 자가용을 타고 가기로 했다.

컴퓨터 공학과이기에 대부분이 남자다.

그런 칙칙한 곳에 가려고 여진이와의 데이트를 포기할 순 없지.

"흠흠흠."

그나마도 오전 데이트만 하며 자제한 것이었다.

휴게소에 들려 점심을 먹었다.

아니나 다를까 선배 중 하나에게 전화가 왔다. 이미 연락처는 같은 과 내에서 흔한 정보였다.

-어이, 신입. 돈 많나봐? 회비 날려먹게? 왜 오질 않아. 연락은 왜 또 안 돼!

여진이와 데이트 할 땐 폰을 보지 않았었다.

보지 못한 것에 가까웠지.

"죄송합니다. 늦잠 자서 따로 가는 중입니다."

-아, 그래? 정신 좀 차려. 곧 수업도 들을 놈이 놀러가는 시간도 못 맞춰? 고등학교 때 열심히 해서 우리 학교 온 걸 거 아냐! 빠져가지고는!

"죄송합니다. 곧 도착할 거 같습니다!"

-빨리 와. 찍히기 싫으면.

"알겠습니다."

사실 OT도 거의 강제로 참여하는 것이었다.

S대란 명성에 어울리지 않게, 이번 세대는 꽤 위계질서를 중요 시 하는 세대라 들었다.

동기들에게 개인 메시지로 들은 것이었다.

지금 선배들을 거느렸던, 졸업한 선배가 상당히 성공한 사람이라고 들었다.

그 선배는 잘 생기고 잘 나가기로 유명했다는데, 내내 입에 달고 다니던 말이 컴공과라고 찌질거리지 말고 남자답게 가자─라는 말이었다고 한다.

"허, 참나."

참 말 한 마디에 여러 부분이 거슬린다.

그러기도 힘든데 말이지.

던전 각 층에서 자신이 절대자인 줄 착각하고 사는 1위 마물들이 문득 생각났다.

탁!

일단은 휴게소에서 식사를 마친 후 목적지로 향했다.

OT 장소에 다다르자 이미 짐정리가 된 상태에서 신입생과 선배들이 족구를 하고 있었다.

OT 장소는 계곡 앞에 위치한 펜션이었다.

"안녕하십니까! 늦어서 죄송합니다!"

혹시나 싶어 대량으로 간식과 맥주를 사왔다.

늦어서 찍히는 걸 방지하기 위함이었다.

"어라? 네가 김준후인가 하는 그 놈이지!"

"그렇습니다! 늦어서 죄송합니다."

지난 번 첫 대면 술자리 이후론 처음 보는 것이었다.

내가 적극적으로 선배들에게 붙으려 노력하지 않았기에, 이런 반-강제적인 자리에만 참석해왔다.

"아유, 얼굴 보기 힘드네, 후배님. 그건 뭐야?"

"늦었는데 빈손으로 오기 뭐해서요."

"이야. 그래도 싹수가 아예 노랭이는 아닌가 보네! 그냥 잠이 쳐 많은 거지. 들고 와."

선배 중 하나가 비아냥거리는 말을 했다.

그리곤 나 혼자서 저 많은 짐을 다 들라는 말을 했다.

아직 화가 풀리지 않은 거 같다.

애초에 강제로 오게 한 게 누군데.

늦은 거 가지고 꽤 오래 끄는 거 같다.

"알겠습니다."

대학 생활을 시작하며 다짐한 것은, 튀지 말자는 것이었다.

내 실체의 한 부분만 드러내도 난리가 날 것이다. 그러니 최대한 평범한 척을 해야 했다.

그런데 저렇게 선배 노릇을 해대니, 나로썬 약골인 척 하기가 싫어졌다.

척!

절대 한 사람이 들 수 없는 짐을 전부 집어 들었다. 그리곤 그걸 숙소에 홀로 가져다놓았다.

"뭐야. 김준후라고 했나. 힘이 장난이 아니네."

"네. 운동 좀 했습니다."

초인적인 수준은 아니어서, 당장 의심을 받진 않았다.

짐을 홀로 다 들었다고 해봐야, 보통 남자보다 많이 센 정도였다. 운동선수 정도.

"어유, 그러셔? 꽤 센가보네!"

선배가 툭 주먹으로 내 어깨를 쳤다. 솜 주먹이란 말도 아까운 손길이었지만 기분은 더러웠다.

뭔데 함부로 치는 거지.

"야. 그거 짐 정리해서 넣어놓고 나와. 너도 족구에 끼워줄게."

"예."

하곤 싶지 않았지만 순순히 그러겠다고 했다.

왠지 OT가 상당히 피곤해질 거 같은데. 노블립스나 가디언즈에서도 이런 푸대접은 받아본 적이 없다.

"어휴."

짐을 정리하고 있는데 누군가가 스윽 다가와 도와주었다.

이 선배는 얼굴과 이름을 기억하고 있다.

백동훈이라는 사람인데, 후배들에게 그래도 친절하고 사근사근해서 저번 술자리에서 기억에 남았다.

"늦었네. 쟤들이 좀 화난 거 같아. 늦잠 잔거라며?"

"네. 전 날 무리를 해서요."

"아유. 새내기라고 너무 달리지 말어. 몸 상해. 학점도 신경 써야지. 교양이 중요한 건 아닌데, 공부하는 습관을 길러야 해."

"그렇군요. 조심하겠습니다."

"이따 분위기 띄우고 해 봐. 만회해야지."

"네."

"근데 너 차 엄청 좋은 거 타네. 잘 사나 보다."

"조금요. 하하."

"부럽네잉. 졸업하고도 걱정 없겠네."

백동훈과 잡담을 나누며 짐을 모두 정리했다. 그리곤 족구를 하러 그와 함께 마당으로 나갔다.

"자자! 저희들도 들어갑니다!"

백동훈이 어깨동무를 하며 씩 웃었다.

제법 호감이 가는 선배인 거 같다.

"너! 잘 좀 막아!"

"알았어!"

나는 동기들이 많은 팀으로 들어갔다. 그곳엔 선배가 백동훈을 포함해 둘뿐이었다. 반면 반대편엔 선배들이 꽤 많았다.

텅!

힘 조절을 잘해야했다.

안 그러면 공이 터져버릴 테니.

"와아아아!"

나는 분위기를 띄우려고 열심히 족구를 했다. 당연히 축구선수 못지않은 감각으로 백발백중 공을 차 넘겼다.

"이야. 진짜 장난 아니다. 운동 신경이 엄청난데."

결국 압도적으로 족구 경기에서 승리했다. 동기들의 환호를 받고 있는데 선배들이 날 불렀다.

"야. 너 좀 개념 없다?"

선배들의 말에 나는 어이가 없어 혀를 찼다.

열심히 했는데 이게 무슨 개소리란 말인가.

져주기라도 했어야 하나.

"어쭈. 웃어? 잠깐 저쪽 가서 얘기할까."

선배들이 어깨동무를 하곤 나를 한 쪽으로 이끌었다. 뒤늦게 백동훈이 달려오는 게 보였다.

아무래도 내 성격에 무조건 평범한 척 하는 건 힘들 거 같네.

잔뜩 분위기를 잡는 선배들을 따라갔다.

따라가는 내내 웃음을 터뜨리지 않으려고 노력해야했다.

덩치들은 하나같이 평범하거나 왜소해서, 선배라고 무게를 잡는 모습이 정말 웃겼다.

언제 한 번 올림푸스에 데려가면 어찌되나 보고 싶다.

그러고 보니 좋은 방법이네.

"여기가 좋겠네."

"야, 김준후. 저기 서라."

선배들이 한 그루 나무를 가리켰다.

우리가 이동한 곳은 한적한 산자락이었다. 계곡 주변이라 사람 없는 장소가 많았다.

공기가 맑아서 참 좋은 거 같다.

"야! 헥헥, 얘들아. 뭐하는 거야!"

"꽉 막힌 동훈이는 좀 빠져라잉. 후배 교육 시키잖냐!"

백동훈이 급히 뒤따라와 선배들을 말렸다.

"아아. 걱정 마. 말로만 타이를 테니까."

"넌 좀 가 있어. 후배들 버려두고 뭐해?"

"아. 진짜로. 왜 막 새로온 애한테 그래."

"가라. 좋은 말로 할 때."

백동훈은 결국 산자락에서 쫓겨나고 말았다. 다른 선배들이 한꺼번에 뭐라고 하니 버틸 수가 없었던 것이다.

"어이, 잘난 후배님. 아까 자동차 보니까 좋은 거 타던데, 집에서 오냐오냐 자랐나 봐?"

"근데 여긴 집이 아니에요. 응? 네 응석 받아줄 엄마가 없다고. 학교에 왔으면 학교 룰에 따라야지."

"여기가 체대야? 응? 적당히 해야 할 거 아냐. 선배들 이겨먹으면 좋아? 참 처음부터 맘에 안 드네!"

사방에서 선배들이 시끄럽게 조잘거렸다.

나는 짧게 고민했다. 가볍게 쳐서 겁을 먹게 할까, 아니면 갑질을 할까. 결론은 간단했다.

뒤탈 없게 갑질을 하는 게 좋겠다.

"임마. 네가 뭘 모르나 본데, 우리 분야는 고액연봉 받는 회사가 몇 없어. 프로그래머 대우가 다른 곳은 어떤지 알지? 다 선후배 소개로 들어가는 거야. 졸업하고 취직해도 다시 얼굴 볼 사이라고."

"그니까 위한테 깍듯하게 해야 너도 앞으로 편할 거야. 응?"

"좀 개념 좀 차리자!"

선배들이 나를 노려보았다.

내가 고개를 수그리고 기죽기를 바랐는데, 되레 멀뚱멀뚱 쳐다보니 오기가 생겼나보다.

"아오! 이걸 확 그냥!"

뒤통수를 때리려 하기에 슬쩍 목을 기울여 공격을 피했다.

다음으론 조용히 속삭였다.

"좋게 넘어갑시다. 즐겁게 놀자고 온 거니까."

내 말에 일순간 선배들 전부가 움찔거렸다.

"돌아가죠. 다음 행사가 있을 거 아닙니까."

"응."

"돌아가자."

내 말에 선배들이 어리둥절한 채로 산자락을 벗어났다.

나를 뒤돌아볼 여유도 없이 모두 질서정연하게 펜션으로 돌아갔다.

"푸하하하하!"

선배들의 뒷모습을 보며 배를 잡고 웃었다. 왜 이 상황이 이렇게 웃긴지 모르겠다.

곧 이유를 알게 됐다.

가진 거라곤 선배라는 점밖에 없는 자들이, 그거 하나 믿고 나를 이렇게 대한다는 게 웃겼다.

사회 나가면 직상 상사가 될 테니 잘하라고 했다. 그 말 역시 너무나 웃겼다.

"그하하! 아휴."

한참이나 웃고 난 뒤 산자락을 내려갔다.

펜션으로 터덜터덜 돌아가며 시골 풍경을 감상하는데, 문득 백동훈의 모습이 보였다.

설마 걱정 되서 내내 기다린 건가.

"준후야! 아이고!"

백동훈이 헐레벌떡 뛰어왔다. 그러더니 급히 나를 이리 저리 살폈다.

"맞은 건 아니지? 애들이 말로만 한다고 해서 일단 물러 났는데…. 끝까지 말려주지 못해 미안하다. 나도 입지가 그리 탄탄한 편은 아니라서."

"괜찮아요. 좋게, 좋게 끝났어요."

"응? 좋게?"

"네. 잘 타이르셔서 알았다고 했어요."

"으, 응. 그렇구나. 그럼 다행이고!"

"형 덕분인 거 같아요. 말려주셔서."

백동훈이 계속 걱정하기에 대충 말을 둘러댔다. 그제야 백동훈은 안심하는 표정을 지었다. 원래 이렇게 후배에게 관대한 사람인가.

그의 머리 위를 쳐다봤다.

사회 서열이나 대학 내 서열, 혹은 과 내 서열이 그리 높지 않았다.

"근데 형은 왜 저한테 잘해주세요?"

갑질을 섞어서 자연스레 물었다.

그러자 백동훈이 약간 멍해진 눈빛으로 대답했다. 갑질 심문을 당할 때의 모습이었다.

"그야, 나도 졸업한 선배들에게 찍혀서 상당히 고생했으니까. 조금이라도 보호막이 돼 주고 싶어."

충분히 이해가 가는 이유였다.

"그렇군요. 감사해요. 돌아가죠."

"그래. 처음 왔는데 과에 대한 이미지가 안 좋아졌겠다. 내가 대신 사과하마. 외부엔 이렇게 알려져 있지 않은데."

백동훈의 성향을 알기에 편하게 대답했다.

"그러게요. S대인데 이 모양이라니. 진짜 놀랐어요."

"원래는 당연히 그렇지가 않아. 근데 요새 이쪽 분야는 돈 세게 주고, 근무하기도 편한 자리가 몇 없거든. 알잖아,

요새 대기업들이 몸 추리느라 특히 꿀빨 수 있는 자리는 몇 없는 거."

"아까도 뭐 사회 나가서도 볼 사이니 잘 하라는 말을 하던데. 선배님들이."

"그래. 졸업한 선배 중에 유독 위계질서를 좋아하던 사람이 하나 있어. 그 형이 분위기나 문화를 다 망쳐버렸지. 우리가 취직할 만한 곳에 제법 영향력을 가지고 있고."

동기들이 말해준 그 사람인가 보다. 이름이 최구온이라고 했나.

해외에 기반을 둔 대기업에 입사했다고 한다. 그것도 수석으로.

"원래 1학년 마치고 특수부대에 다녀오셨거든. 거기서 계급 사회에 심취하셨나 봐. 남은 3년 동안 여러모로 명성을 떨쳤지."

"능력이 좋긴 한가 보네요. 이렇게까지 영향을 끼치는 걸 보니."

"그래. 학부 때 국제학회에 뽑히고, 실제 코딩으로 저작권 엮인 프로그램을 만들어서 몇 천 만원에 팔기도 했어. 다 합치면 억이 넘지. 거의 스타 프로그래머였어."

"아아. 그 정도인 줄은 몰랐네요. 유명하다곤 들었는데."

"근데 너무 잘난 맛에 빠져서 아랫사람을 굴렸어. 나도 피해자였고."

그럼 지금 선배들은 그 졸업한 선배를 멋모르고 따라하는 건가.

그 실력을 따라갈 생각을 해야지, 이상한 걸 배워놨네.

"신기하네요. 보통 프로그래머나 공대생 생각하면 순하고 왜소한데. 특수부대 출신이라니."

"그 형은 정말 성격 빼곤 다 대단한 사람이었어. 키나 몸, 외모, 여자까지. 우리 과의 부러움을 독차지했지. 지금 연봉도 성과금을 맨날 두둑하게 얹어서 받는다는데!"

심지어 백동훈조차도 최구온을 우러러보고 있었다. 단지 괴롭힘 당한 경험 때문에 감정이 좋지 않을 뿐이었다.

나로썬 하나도 부러울 게 없었다.

그래서 컴퓨터과 학생들이 안 됐다고 느껴졌다.

잘못된 롤 모델로 인해 아직까지 폐해가 계속되고 있었다.

"그래서 지금 선배들이 위아래를 중시하는 거 같아. 그 졸업한 형의 후배들이었거든."

"음. 그렇군요. 설명해 주셔서 감사합니다."

"그래. 나도 안타깝긴 한데, 현 상황을 알아야 네가 덜 고생할 거 같아서. 앞으로 선배들에게 잘 보이려고 해봐. 군대 가기 전까진 같이 지내야 하니까. 졸업하고도 혹시 모르고."

"알겠습니다."

내 덤덤한 대답에 백동훈이 내 등을 두드려주었다.

"그리고 원래 코딩은 각자 하는 부분이 있더라도, 큰 그림으론 팀워크거든. 어울리려고 해 봐."

"네, 형. 감사해요."

"가자! 저녁 먹을 시간이야."

백동훈과 함께 펜션으로 돌아갔다.

참 여러모로 신경을 써주네.

얼마 보진 않았지만 고마운 사람이다.

하지만 미안하게도 그가 말한 대로 할 생각은 없다. 아까처럼 나는 기본적인 예의만 지킬 것이고, 선배들의 꼰대질에 놀아나지 않을 것이다.

당연히, 그들이 원하는 대로 비위를 맞춰주는 일도 없을 거다.

"어이, 동훈이! 왔어?"

"건방진 신입 놈이랑 왔네. 와서 요리 좀 거들어."

"으응! 잠시 얘기 좀 해주느라!"

"또 물렁하게 대한 거 아니지? 따끔하게 한 마디 한 거지?"

"그래. 물론이지."

다른 선배들이 나를 한 번 노려보곤 다시 요리에 집중했다.

분명 기분이 이상할 것이다.

제대로 겁 먹으려고 산자락에 데려갔다가, 내 좋게 넘어가자는 말에 꼼짝없이 꽁지를 말았으니.

본인들의 상식에선, 자신이 겁을 먹어 그랬다고 여길 것이다. 서로 조용히 묻고 지나가고 싶은 치부겠지.

"어이, 김준후! 이건 네가 해!"

"알겠습니다!"

선배들은 일부러 고된 일을 모두 내게 맡겼다.

하지만 나는 힘들어 하는 기색 없이 모든 일을 척척 해냈다.

"자! 먹자!"

마침내 저녁 시간이 와서 평화롭게 식사를 할 수 있었다. 동기들이 걱정되는 표정으로 물어왔다.

"야야. 준후야. 괜찮아?"

"당연하지. 공기 좋은 곳에서 먹으니 맛있다!"

"괜찮다니 다행이다. 조심해. 우리 과가 좀… 그렇데. 원래 몇 년 전만 해도 안 그랬는데."

"그러게."

내 태평한 표정을 보고 오히려 동기들이 당황했다. 한껏 위로해주려다 김이 샌 것이다.

"근데 쟤 진짜 예쁘지 않나?"

"누가 봐도 우리 과 여신 예약이다."

"안 그래도 여자가 없는데, 예쁜 애가 들어왔네. 2분의 1이긴 하지만."

"선배들이 눈 독 들이더라. 우리가 배려해주자."

"이야, 멋진데. 우리 학번은 의리가 있구만."

동기들이 수군거리며 시선을 집중하는 여성이 있었다. 이번에 신입생으로 들어온 여학생이었다.

여자 두 명 중 하나로써, 꽤 예쁜 편이긴 했다.

하지만 나는 여진이가 있어서 그런가 딱히 다른 동기들 이상으로 관심이 가지 않았다.

"신입들! 설거지해라! 다 하고 펜션 청소해. 그 뒤엔 곧바로 술자리다. 시간 엄수하도록."

선배들이 식사가 끝나기 무섭게 일을 시켰다.

나와 동기들은 바쁘게 움직이며 일을 했다.

그릇을 닦으며 조용히 미소를 지었다.

그러고 보니 누군가에게 지시를 받는 건 참 오랜만인 거 같다.

남궁철곤은 한동안 해외에 있는다고 했다.

때문에 낮 시간에 나한테 명령을 할 만한 사람이 그간 없다시피 했다.

"허."

"왜 그래?"

"아냐. 손 시려서."

"으. 좀만 도와주지. 우리끼리 다하긴 벅찬데."

"꺅! 모기!"

동기들이 예쁘다고 한 여학생이 비명을 질렀다. 그러자 우르르 동기들이 몰려가 주변에 스프레이를 뿌려주었다.

그 모습이 꽤나 우스꽝스러웠다. 나보다 1살밖에 어리지 않지만, 참으로 순박해보였다.

저 애들은 이 과의 위계질서 문화에 물들지 않았으면 좋겠는데.

"모여! 뭐 이리 굼떠!"

"금방 됩니다!"

"농땡이 치지 말라고! 머리에 피도 안 마른 것들이!"

선배들의 닦달에 우리는 쉬지도 못하고 일을 해야 했다. 그중에서도 얼굴이 예쁜 여학생은 일을 거의 하지 않았다.

그럼에도 아무도 뭐라 하지 않았다. 반면 얼굴이 평범한 여학생은 남자들만큼 일을 하는 중이었다.

"음."

얼굴이 예쁜 여학생이 아까 봤을 때보다 과 내 서열이 올라가 있었다.

외모도 공동체 서열에 기여한다 이거구나. 그것도 공대니까.

"에휴."

"다 했다! 들어가자, 준후야."

"응, 그래."

단체로 일하니 그래도 오래 걸리진 않는다. 잡일을 끝마치고 펜션 내부로 들어갔다.

"협!"

그러자 입이 떡 벌어질 만큼 엄청난 양의 술이 늘어져 있었다.

선배들이 작정했다는 표정으로 말했다.

"자자! 우린 자랑스러운 S대니까 양푼에 오줌이랑 오물 섞어서 먹이는 짓은 안합니다. 비위생적이고 비신사적이잖아? 대신, 다 같이 의리로 많이 마십니다. 이거, 오늘 밤 안에 비울 겁니다. 알았죠?"

"우린 그냥 주량이 많을 뿐인 거야. 다들 무슨 말인지 알지?"

"원래 한 번은 맛 간 모습을 봐야 바닥이 드러나는 거거든. 우리도 너희를 잘 알아야 앞으로 잘 관리해주겠지?"

"그러니 다들 쓸데없이 꼰지를 생각은 말도록. 다 앞뒤 맞는 상황이니까. 앉으라고!"

"네."

선배들의 고함에 우린 아무런 말도 못하고 자리에 앉았다.

선배들이 큰 잔에 폭탄주를 말기 시작했다. 맥주와 소주의 비율이 1대1이었다. 작정했구나.

올림푸스를 운영하며 어깨 건너로 술에 대해 조금 알게 됐다. 초인이 되면 절대 취할 수 없다는 것도.

"자! 다들 마셔라! 중간에 끊으면 바로 리필이다. 원샷할 때까지 그게 첫 잔인 거야!"

창피하지도 않나. 기껏 열심히 공부해서 들어온 곳인데 참으로 실망스럽다. 그래도 학교가 문제가 아니라 선배

몇이 문제인 거겠지.

우리 과 선배가 겨우 저 몇 명은 아닐 테니.

되레 제대로 된 선배들은 바쁜 나머지 못 왔을 확률이 높다.

그나마 저중엔 백동훈이 제일 점잖은 선배였다.

"에휴."

한 번에 내 앞에 주어진 잔을 다 비웠다.

"이야! 김준후 새끼 좀 봐라. 벌써 비웠네?"

"역시. 힘도 세고 집도 잘 살고. 아주 금수저 나셨네. 너 잔 들고 와 봐."

내가 너무 가볍게 잔을 비우자 선배들이 신기해했다. 좀 힘들어하는 연기를 할 걸 그랬나.

너무 물처럼 마신 거 같긴 하다.

잔을 들고 선배들 앞에 앉았다.

이번에도 폭탄주가 제조됐다.

"아까 같이 마신다고 하지 않으셨나요?"

동기들을 구하기로 맘먹었다. 같이 마셔서 선배들을 전부 술에 담가버려야겠다.

❖

자기 꾀에 빠진다는 게 이런 경우를 놓고 말하는 건가 보다.

본래 선배들은 뒤탈이 없으려고 같이 마시자는 말을 한 것이었다. 그래놓고선 일방적으로 후배들을 먹이려 했다.

　　"이 새끼가…."

　　"아서라. 우리가 한 말은 지켜야지?"

　　혹시라도 뒤탈을 만들지 않기 위해 선배 하나가 나섰다. 제법 주량이 센 듯 보였다.

　　"이 놈이 아주 겁이 없네. 선배랑 마주 상을 보려하고 말야."

　　대표로 나온 선배가 소주를 내 잔에 콸콸 부었다. 그리고 자신은 훨씬 약한 비율로 폭탄주를 탔다.

　　상관은 없었지만, 치사해서 웃음이 났다.

　　"자! 마셔! 알지? 원샷 아니면 무효야."

　　내 잔은 거의 소주가 대부분이었다.

　　그럼에도 덤덤하게 잔을 삼켜 넘겼다.

　　일단 한 놈은 보내야지. 이번엔 갑질 없이 육체 능력으로 상황을 극복해보려고 한다.

　　초인의 몸인데 평소엔 너무 레이드에만 덕을 본 거 같다.

　　"으! 제법인데?"

　　내 멀쩡한 기색에 대표로 나온 선배가 당황했다. 나는 다음 잔을 받아들어 고개를 옆으로 돌리고 원샷을 했다.

　　그래도 기본 예의는 전부 지키고 있다.

　　"크아!"

　　"음."

그렇게 각자 20잔 정도가 돌았다. 내가 저 선배보다 최소 3배는 마신 것 같다. 소주 양만 따지면 말이다.

"으어어어."

나는 멀쩡한 반면 대표로 나온 선배는 인사불성이 돼 있었다. 목도 가누지 못하고 뒤로 자빠진 모습이었다.

"허. 이 자식 술까지 엄청 세네."

"코딩까지 잘하면 큰 일 나겠는데."

선배들이 허탈하게 나를 쳐다보았다.

이쯤에서 조금 장단을 맞춰줘야겠네.

"읍."

가짜로 토악질을 하며 화장실로 갔다.

"그러면 그렇지! 저 놈 저럴 줄 알았어!"

"하여간 아까부터 선배 이겨 먹으려고 작정한 놈이라니까? 꼴 좋다."

"여러모로 참 띠껍네!"

화장실에 가서 잠시 물을 틀었다 껐다. 토하는 시간을 보내야 했다.

잠시 후엔 화장실을 나와 동기들 주변에 앉았다.

"괜찮아?"

"응."

"진짜 너한테만 왜 그러는 지 모르겠다."

"아냐. 너희한테도 계속 잔 돌리잖아."

"유독 준후한텐 심해."

"잘나서 질투하나 보다. 헤헤."

동기들이 든든하게 나를 위로해줬다. 전혀 몸이 힘들진 않았지만 그래도 기분은 좋았다.

이번 세대를 잘 지키면 컴퓨터공학과도 제법 괜찮아질 텐데.

"자자! 계속 마셔!"

"마셔라! 마셔라!"

선배들이 시끄럽게 떠들며 계속해서 우리에게 술을 먹였다. 그 중에서도 은근히 여학생들에겐 더 많은 술이 갔다.

매너도 없나.

여진이를 만나는 나로썬, 저런 뻔한 수가 너무 보기 싫다.

"마셔라! 계속 마셔! 안 그러면 벌칙 게임이야!"

"원래 술 게임은 다 마시고 취한 상태에서 더 하는 거야!"

"으랄랄!"

선배들이 시끄럽게 떠드는 중에서 환호하는 척하며 외쳤다.

"선배님들도 기절할 때까지 마시세요!"

당연히 갑질을 섞은 외침이었다. 시끄러운 와중에 외친 말이라 정확히 들은 자는 없었다.

그럼에도 갑질의 효과가 발동됐다. 인지는 못했떠라도 분명 말은 전달됐을 테니.

새로운 기술을 발견한 셈이었다. 소음 중에 갑질을 섞는 기술이었다.

"우리도 마시자!"

"마시자! 마시자! 마시고 죽는 거야!"

"으아! 개 같은! 언제까지 디버깅에 쩔어 살거야!"

선배들이 미친 듯이 술을 마시기 시작했다.

덕분에 얼마 지나지 않아 선배들 전부가 기절했다. 거의 소주를 병나발 불 듯이 마셔댔으니.

"애들아."

"응? 어이구, 선배님들 다 주무시네! 시간이 이리 늦었나!"

"으아! 모기가 커 보여! 돌연변이인가!"

동기들도 급히 술을 먹은 탓에 전부 취한 상태였다. 더 이상 먹으면 위험할 거 같았다. 사고를 치거나 건강에 문제가 가거나.

"모두 남은 술을 버리자!"

"그래! 선배님들이 잘 때가 기회다!"

"이게 바로 혁명의 태동이지!"

이상한 헛소리가 들리긴 했지만, 어쨌든 모두 일사분란하게 움직였다. 내 갑질 덕이었다.

콸콸콸!

남은 술을 죄다 밖에 버렸다.

"푸하하."

널브러져 자는 선배들을 보고 웃었다. 내일 아침이면 진짜 술을 다 비운 줄 알고 깜짝 놀라겠지.

"으어어. 전우들이여, 난 여기까지다!"

"으엥. 나도!"

펜션에 빈 병을 둔 후 동기들 역시 모두 기절했다.

나는 아직 자려면 시간이 좀 남았다. 일부러 일찍 자고 싶어도 그럴 수 없었다.

"후!"

그냥 벌레들 우는 소리나 들으려고 바닥에 누워 눈을 감았다.

이렇게 재미없을 줄 알았다면 아예 빠질 걸 그랬나.

"욱!"

"우욱!"

2시간이 지나자 선배 하나와 동기 하나가 깼다. 각자 다른 시기에 벌떡 일어나 화장실로 달려가 토를 했다.

"허어, 미친. 진짜 이걸 다 비운 건가?"

"그, 그런가봐요."

"이번 학번이 술이 세긴 하구나. 우리까지 보내버리다니. 원, 기억도 안 나네. 원래 계획은 이게 아닌데 말이지."

잠에서 깬 선배는 이준혁이었다. 현재 컴공과 과대라고 한다. 코딩 실력도 나쁘지 않고 인턴 경험도 많다고 한다.

물론 아까 나를 귀찮게 했던 무리 중 하나였다. 그 앞잡이에 가깝지.

"으음."

나는 누워서 계속 자는 척을 했다.

"나는 담배 피고 온다. 애들 잘 보고 있어."

"네, 선배님."

이준혁이 나가자 슬쩍 상체를 일으켰다.

"어, 준후야. 너도 깼네. 속은 괜찮아? 선배님들 너무하네. 안주를 무슨 땅콩 몇 개만 가져다 놓고 술은 박스째로…."

"그러게. 그래도 다들 일찍 뻗어서 다행이지. 억지로 버티면 그게 더 무리가 갈 거야."

"그런가 보다. 그 최구온이라는 선배가 여기 있는 선배들을 가끔 룸살롱에 데려간데. 이상한 걸 보고 배운 거 같아."

"으. 벌써?"

최구온은 들은 바에 의하면 실력자가 분명했다. 하지만 동시에 좋은 선배가 아니라는 것도 확실했다.

"나는 백동훈 형이 좋은데 말이지."

동기가 백동훈 형을 내려다보며 말했다. 형도 흑기사를 해주다 넘어간 모습이었다.

"나도."

"어? 너도지. 그치! 아, 아까워. 원래는 동훈이 형이 과대를 했어야 하는데."

"왜? 과대를 하면 뭐가 달라지나."

"당연하지! 너 모르는구나. 대학교는 말야, 과대를 맡으면 많은 권력이 생겨. 특히 우리 학교에 컴공과는 말이지. 최구온 형 이후로 과대가 돈 관리도 하거든. 총무랑 같이. 맡아서 결정하는 일도 엄청 많고."

"아. 그렇구나."

내 시큰둥한 표정에 동기가 더더욱 혈안이 되어 말했다.

"과대가 되면 말야, 조교님, 대학원생이랑 교수님이랑 직통할 수가 있어. 즉, 다른 학생에 대해 좋은 말이나 나쁜 말을 남길 수가 있단 거지. 게다가 큰 용돈이 되는 프로젝트 건도 조금 하청 받아서 분배해준다더라."

"아, 대표라 이건가. 이준혁 선배는 그걸 악용하는 건가?"

내 적나라한 질문에 동기가 놀라서 손가락을 입술에 댔다.

"쉿. 그런 말 함부로 하는 거 아냐. 사실이긴 해."

속삭이는 동기가 피식 웃었다.

"으. 아무튼 난 다시 잘게."

별로 즐거운 얘깃거리가 아니라 다시 뒤로 누워 눈을 감았다. 차라리 밤공기 냄새를 맡으며 여유를 즐기는 게 낫겠다.

내가 갑질을 쓰면 백동훈을 과대로 만들 수 있으려나.

아주 불가능할 거 같진 않다.

탁.

"나 왔다."

"예, 형."

"다들 아직도 뻗은 거냐?"

동기가 날 슬쩍 보더니 고개를 끄덕였다. 나는 실눈을 뜨고 감각을 펼친 채로 상황을 지켜보는 중이었다.

"야."

이준혁이 뭔가 음흉한 톤으로 동기를 불렀다.

"네?"

그러더니 이준혁이 동기에게 어깨동무를 걸쳤다. 귀에 조용히 뭔가를 속삭였는데, 당연히 내겐 모두 선명하게 들렸다.

"쟤 쌔끈하지 않냐?"

"아… 아라 말이요?"

"그래. 그 옆에 있는 오크랑 다르게 겁나 잘 빠졌잖아! 발육이 아주."

이준혁의 말에 동기가 배시시 웃었다. 저 놈도 남자라 이 건가. 아까는 같이 지켜주자고 하고선.

"야. 형이 좋은 경험 시켜줄까? 너 여자친구도 못 사귀어 봤지? 딱 봐도 숙맥에 호구인데."

"아. 그렇긴 한데. 이어주시게요?"

"마. 연애는 귀찮은 거야. 바로 본론으로 가야지, 킥킥!"

설마 내가 생각하는 건 아니겠지.

허나 다음 말이 정황을 더더욱 확실하게 해주었다.

"저쪽 방으로 들고 가자. 내가 오늘 너 남자로 만들어줄
게. 여기, 혹시 몰라서 약이랑 도구도 가져왔어. 원래는 클
럽 가서 쓰려던 건데, 어제 급히 공수해온 거야."

"혀, 형. 이건…. 아라는 자고 있는 상태잖아요. 게다가
잘못하면."

"확! 이 개새끼야. 선배님이 두 번 없을 기회를 준다는
데. 앞으로 찍히고 싶어? 네가 저런 여자랑 기회가 있을 거
같아? 잘 보라고. 얼마나 잘 빠졌냐."

"아아."

동기는 이준혁의 강압적인 제안에 슬슬 넘어가고 있었
다. 그도 아직 어린 성인이라 가치관이 완전히 확립되진 않
은 거 같았다.

"마. 잘난 놈들은 다 이렇게 노는 거야, 킥킥! 내가 완전
범죄가 뭔지 보여줄게. 대갈빡을 굴리면서 즐기라고, 응?"

이준혁이 취기가 가시지 않았는지 더러운 말을 서슴없이
내뱉었다.

"자, 네가 저쪽 다리를 잡아!"

"둘 다 동작 금지!"

이준혁이 여학생의 다리를 잡으려하자 벌떡 일어나 외쳤
다.

"무슨?"

이준혁이 딱 굳은 몸과 함께 놀란 눈으로 날 쳐다보았다.

"준후, 이 새끼! 다 듣고 있던 거냐? 너도 껴줘?"

"둘 다 입 다물어."

내 말에 이준혁과 동기가 우스꽝스러운 자세로 돌처럼 멈췄다. 말조차 할 수 없어 눈알만 대록 굴리는 중이었다.

"거, 듣고 있기도 힘드네, 참! 술 먹이고 선배 노릇하는 건 그렇다 쳐도, 이건 범죄 아닙니까? 확 녹음해서 퇴학시켜 버릴라."

내 말에 이준혁과 동기의 눈동자가 심히 흔들렸다.

동기는 그렇다쳐도, 이준혁은 이런 짓이 처음이 아닌 거 같았다.

"이준혁. 너는 내일 아침, 학교 일정 핑계를 대고 OT를 접어. 뭐 도움 되는 말도 없이 시간 낭비만 하네. 둘 다 오늘 밤 일은 잊고 곧장 깊은 잠에 빠져라."

"읍."

"으."

이준혁과 동기가 털썩 쓰러져 잠에 들었다. 나는 여학생 둘을 방으로 옮겨다 놓았다.

그리곤 한숨을 내쉬고 방문을 닫았다. 나도 남자라 아예 이해 못하는 건 아니었다.

하지만 이건 아니지 않은가.

안 그래도 잘난 놈들이 왜 더러운 방법으로 욕구를 풀려고 할까. 이해가 되지 않았다. 자존감이 박살나진 않으려나.

"으휴."

하나도 취기가 느껴지지 않았다.

그래서 그냥 자동차에 올라탔다.

오늘 만나보고 겪어보니 더더욱 확실해졌다. 굳이 앞으로 불편하게 저들에게 맞출 필요가 없겠다.

그냥 나는 동기와 좋은 선배들과만 교류하려고 한다.

내일 아침에 OT를 끝내도록 지시했으니 별 일은 없겠지.

-OT는 재미 있엉? 되게 재미있나 보다. 예쁜 신입생도 많은가 봐.

여진이가 마침 질투 어린 메시지를 보냈다.

그게 귀여워서 또 피식 웃었다. 그러고 보니 연락을 못해줬네.

-일찍 가도 된데서 이제 다시 서울로 올라가는 중이야. 차 있으니까 좋다. 하하. 아, 그리고 공대라 여자는 둘 뿐이야.

-오! 올라오는 거야? 반갑네, 우리 준후. 근데 그 둘은 예뻐?

-하하. 그게 왜 중요해?

여진이에게 약 올리는 이모티콘을 보냈다.

-치. 그래도 알아두면 좋잖아.

-왜. 내가 한 눈 팔까봐 걱정 되나. 오히려 내가 더 네가 걱정된다. 너는 경영학과라 성비가 반이잖아.

-웅! 그래서 나보다 예쁜 애들도 많을 거야. 그러니까 걱정 말아, 우리 준후. 헤헤.

여진이가 씩씩함을 표하는 이모티콘을 보냈다.

그녀라면 믿을 만 하다. 다른 파릇파릇한 새내기나 선배들이 들이대도, 그녀는 얼음과 같은 철 장벽을 칠 것이다.

아, 든든하다.

—그럼 이제 출발해야겠다.

—응! 나도 과외 때문에 일찍 자야겠다. 내일 보자, 준후야. 걱정되니까 잘 도착하면 알려줘.

—물론이지요, 여친님.

연락을 마치고 운전대를 잡았다.

문득 여진이가 과외를 한다는 게 맘에 걸렸다. 공부하기도 바쁜데 돈까지 벌어야 한다니.

내가 학비를 내준다 해도 완강히 거절하겠지.

"아하!"

결정했다.

S대를 통해 전액 장학금과 지원금을 퍼붓기로.

서울로 올라가며 찬찬히 생각을 정리했다.

드라이브가 이렇게 생각 정리에 좋은 줄 처음 알았다. 그것도 밤중이라 도로가 한적해서 더 좋았다.

차는 계속 움직여도 풍경이 거의 변하지 않아 생각하기에 좋은 거 같다.

잔잔한 음악을 틀고 살짝 창문을 열어 찬바람을 즐겼다.

"음."

그간 내 일상은 그럭저럭 익숙하고 편한 환경이었다. 그래서 지키고 싶었던 것이다. 하지만 수업도 시작하기 전에 벌써 트러블이 생겨버렸다.

물론 어떤 상황이든 극복할 수 있다. 그건 문제가 아니었다.

어떤 방법을 쓰냐가 문제라면 문제였지.

그 외 고민하는 것은, 어디까지 내가 원하는 대로 일상을 타협하냐-였다.

맘만 먹으면 선배들을 전부 내 노예처럼 부려먹을 수도 있었다.

그건 내가 쉴 때마다 돌아가고픈 일상이 아니었다. 당연히 자연스럽지 않고 불편했다.

모양새만 바뀐 올림푸스에 가깝겠지.

"후우, 쉽지 않네."

보통 사람에겐, 사회생활이 어떻게 새로운 문화와 환경에 적응해서 무난한 일원이 되느냐의 문제였다.

하지만 나는 조금 다른 것 같다.

내게는 얼마만큼 그 사회를 비틀지 않고 내버려둘 것이냐의 문제였다.

결국 사회를 구성하는 건 사람들이었고, 난 그 사람들을 맘대로 조종할 수 있었다.

－준후 잘 올라고 있나. 나는 이제 씻고 누웠지롱.

　－으응. 길이 한적하니까 좋다. 다음에 밤 드라이브 같이
가자.

　－어머, 좋지용. 졸음 운전하지 말고 조심히 와요, 자기.

　－오야. 먼저 자.

　여진이와 연락을 주고받으며 한가함을 배로 누렸다.

　던전은 매 층마다 생태계나 대하는 존재들이 새로워진
다. 하지만 낮 시간의 사회는 거의 연장선이나 다름없었다.

　던전에선 며칠 내로 서열 1위에 등극해 그 생태계를 뒤
집었다. 거의 개혁에 가까운 영향력을 끼친 것이다.

　하지만 낮에는 그 정도까지 환경을 뒤바꾸면 안 될 거 같
았다. 개인과 공동체의 생리는 또 다른 것일 테니.

　게다가 나와 같은 인간들이다. 설사 들키지 않는다 해도
과도하게 환경을 바꾸는 건 맘이 불편했다.

　그런 면에서 난 조금씩 노블립스와 멀어지는 것이려나.
여진이와의 자연스런 연애에서 그런 걸 조금씩 깨달아 가
는 듯하다.

　"어휴, 어렵네."

　문득 남궁철곤의 지하 치료소가 생각났다.

　그가 고장 난 사람들을 고친다고 마련한 곳. 더 큰 규모
로 운영하는 시설도 있다고 했다

　"후우우!"

　좋은 의미로든 나쁜 의미로든, 남궁철곤은 내게 여러

가지 참고할 점들을 남겨주었다.

오랜만에 얼굴이나 한 번 봤으면 좋겠네.

찰칵!

―여진아. 휴게소에서 간식 사먹고 눈 좀 붙이려고.

한껏 밟았지만 잠들기 전에 서울에 도달할 수 없었다. 밤을 새면 당연히 도착하겠지만, 그 전에 잠들 게 뻔했다.

사고가 나느니 사람 없는 곳에서 자는 게 낫지.

휴게소 한 편에 차를 세워 놓았다.

탈칵!

"후아. 차에서 자보긴 또 처음이네."

문을 잠그고 의자를 뒤로 넘겼다.

눈을 감으니 곧장 잠에 빠져들 수 있었다.

이제 17층을 공략할 차례다.

또 보라색 유령이 나타날까봐 걱정되긴 하지만, 그렇다고 겁먹고 그 층에만 머무를 순 없다.

심연의 목소리는 최소 20층까지 올라오라고 언질 했었다.

20층에 다다르면 또 뭔가 달라지려나.

17층에서 눈을 뜨자마자 들은 것은 뼈 부딪치는 소리였다. 그것도 아주 많은 양의 뼈들이 격하게 부딪치고 있었다.

따다닥! 카각!

주변을 둘러보았다.

매우 상황이 급박하게 돌아가고 있었다.

각기 다른 크기와 형태를 가진 뼈들이 보랏빛 기운을 띠며 서로를 후려치고 있었다. 살점이나 근육이 없었음에도 살아있는 마냥 움직였다.

-크아!

-크랙!

딱! 콰직!

워낙 격하게 부딪치는 터라 뼈가 수시로 깨지거나 박살났다. 그래도 살아 움직이는 뼈들은 도저히 멈추질 않고 싸워댔다.

"반드시 네 놈을 잡아먹어 주리라!"

"크하! 네 희망사항일 뿐이다. 내 소환수가 더 많아!"

"에헴! 숫자로 밀어붙인다고 되는 게 아냐! 소수정예 전략이 진리니라!"

-갈갈!

유심히 보면, 수없이 많은 뼈들이 뒤엉켜 무작위로 싸우는 게 아니었다.

각자 조종하는 개체 수나 수준은 달랐지만, 로브를 뒤집어쓴 마물들이 적극적으로 소환수들을 조종하고 있었다.

움직이는 뼈들을 무리로 엮어보면 분대 대 분대의 싸움이라는 걸 알 수 있었다.

17층은 뼈로 이루어진 소환수를 다루는 곳이구나. 나도 당연히 뼈가 아닌 로브를 쓴 유령체의 마물이었다.

-크레엑!

빠각!

쭉 보면 전투를 벌이지 않는 마물이 더 적을 정도였다. 그만큼 적대적인 층이었다.

전투가 평범한 현상인 곳.

되레 내게는 희소식이다.

[현재 보유 암력: 305.]

17층 마물은 암력이란 요소를 품고 있었다.

다행히 나는 부러진 뼈 무더기 주변에 있어 당장 공격을 당하진 않았다. 서열 본능 덕에 서열 자체로 이미 만만한 존재가 아니었고.

소환사의 덩치만 봐서는 서열 차를 곧바로 알 수 없었다.

소환력으로 주로 서열 차가 드러나는 거 같았다. 로브의 후드 내로 뿜어내는 안광을 통해서나.

[퀘스트: 대, 중, 소 특성의 스컬을 소환하라. 보상: 추가 레벨 업.]

[미러 퀘스트: 오늘 밤 내내 5000위 이하를 유지하라. 보상: 각성 레벨 50 상승.]

첫 번째 퀘스트는 곧장 납득이 가는 내용이었다. 움직이는 뼈들을 스컬이라고 부르나 보다.

이제 나도 소환하는 법을 터득하고 전투에 참여해야

할 테지.

반면 미러 퀘스트는 매우 의아한 내용이었다.

이제까지 뫼비우스 초끈은 무조건 빨리 날 성장시키고 신분상승 시키려 했다. 그런데 이번 밤에는 되레 5000위 아래로 서열을 유지하라고 했다.

그러면 낮 시간에서 B-급 헌터의 반열에 오를 수 있었다. 레이드도 없이 그 수준에 진입할 수 있다니, 그야말로 놀라운 일이었다.

안 그래도 노블립스 때문에 높은 등급의 레이드를 못 돌아서 답답했는데.

"에흠."

어느 정도 예상은 갔다.

아래층에서 혼란을 야기한 이후로, 보라색 유령이 날 소멸시키기 위해 나타났었다.

때론 아래 서열에 머무는 게 가장 자연스러운 위장술이 될 테지. 분명 날 사냥하기 위해 위 서열을 노릴 거다.

게다가 이렇게 전투가 잦은 층이라면, 분명 서열 변동이 잦을 테지.

[현재 암력: 304.]

곧 왜 17층 마물들이 죽어라 서로 싸우는지 알게 됐다.

암력이 줄고 있는 것이다.

아마 0이 되면 자동으로 소멸하게 되겠지. 1층과 2층이 생각나긴 했지만, 단순 식사를 통해 극복하는 형식이 아니었다.

"잡았다, 이 새끼! 이제 네 발악도 끝이다!"

콰작!

"이럴 수가! 내 소환수가 더 많았는데!"

"숫자가 전부가 아니라고 몇 번 말해!"

콰아아아아.

소환수 대결에서 이긴 소환자가 상대 소환자를 죽였다. 그러자 죽은 소환자가 보라색 가루로 화하며 승리한 소환자에게 스며들었다.

"크하아아아!"

승리한 소환자는 안광을 뿜으며 한껏 즐거워했다.

저게 바로 생존 수단이자 성장의 매체다.

"어이, 이리 와 봐."

"뭐, 뭡니까. 저 같이 작은 서모너를 잡아먹어서 뭐하게요!"

30만 대 서열의 소환자를 불렀다.

다행히 데리고 있던 소환수로 날 공격하지 않고 말로 대꾸하기만 했다.

"공격하려는 게 아냐. 잠깐 물을 게 있어."

[능력 흡수. 대상: 30만 233위.]

[능력 흡수 완료! D-급 소환술을 터득했습니다! 이제 스킬을 소환할 수 있게 됩니다.]

[능력 흡수 완료! F급 죽음의 구를 발사할 수 있게 됩니다.]

"뭐, 뭡니까. 빨리 물어봐요. 저는 빨리 암력을 모아서 스컬 군대를 만들어야 하니까."

"알겠어. 여긴 스컬로 상대의 소환수를 꺾고 상대를 잡아먹어야 살 수 있는 곳이야. 맞지?"

"에헴! 뭘 당연한 걸 묻고 그러십니까."

"그런데 왜 강한 자들은 약한 자들을 노리지 않고 비슷한 수준끼리만 싸우지? 무슨 규칙 같은 게 있나?"

"단순하게 생각하면, 약한 서모너만 골라서 잡아먹으면 편하긴 하죠. 하지만 수준이 맞아야 암력이 흡수됩니다. 서열 차가 크면··· 죽여 봐야 아무런 이득이 없어요. 그러니 절 그만 보내주세요. 암력이 거의 다 떨어졌단 말이에요!"

17층 마물들은 스스로를 서모너라 부르나 보다.

"알겠다. 가 봐."

"에휴. 드디어!"

다급해 보이는 마물을 보내주었다.

그렇구나. 비슷한 수준끼리 싸워야 암력이 채워지는 거 같다.

[현재 암력: 300.]

암력이 줄어드는 속도는 그리 빠르지 않았다.

그래서 당장 나와 비슷한 1만대 서열과 싸울 필욘 없었다. 시비가 걸리지만 않는다면.

문제는 내 기술들이 전부 하찮은 수준이라는 것이다. 16층 때와 달리 실력이 서열을 받쳐주지 못한다.

"에헴!"

목이 컬컬하게 느껴져서 나도 다른 마물들과 비슷하게 헛기침을 하게 됐다.

"에헴헴!"

그렇다면 약한 마물들을 먼저 상대해야겠네. 그러면서 소환술 실력을 올려야겠다.

안 그랬다간 비슷한 서열에게 필패하고 말겠지.

툭! 퍼석!

천장에선 수없이 많은 시체들이 떨어지고 있었다.

16층에는 단순히 시체 덩어리들이 떨어졌다. 하지만 17층에는 거의 완전한 형태의 시체들이 떨어지고 있었다.

물론 죽은 이유가 있기에, 결코 성한 모습은 아니었다.

"이 놈이 아주 실하네! 일어나라, 나의 스컬이여!"

사아아아.

소환자 하나가 코끼리 같은 덩치의 시체에게 초록색 안광을 뿜었다.

콰드득, 콰득!

그러자 시체가 여러 갈래로 갈라지며 뼈만이 보라색 기운에 휩싸여 일어났다.

갈라진 시체의 살점들은 어떠한 힘에 이끌려 구덩이로 버려졌다. 마치 뼈가 살점을 밀어내는 것처럼 보였다.

"에헴."

이래서 17층에는 뼈만이 가득할 수 있는 거구나. 16층이 살점을 요리해서 처리하고 그걸 배설한다. 그 아래에서 나머지가 처리되고.

17층은 뼈를 잘게 부수어 재활용하는 역할인 거 같다.

쓸모없어진 뼈는 곳곳에 산더미처럼 쌓여 버려졌다. 나중에 어떻게든 처리되겠지.

"크하아악! 조금만 더 강했다면!"

소환자 하나가 또 다시 죽음을 맞았다.

이번에는 놓치지 않고 볼 수 있었다. 승리한 소환자에게 보라색 가루가 전부 되돌아가는 게 아니었다.

암력의 일부가 17층 중앙을 향해 흘러갔다. 세금 같은 개념인가 보다.

뼈 가루 뿐 아니라 암력도 수집하는 건가.

화력 발전과는 매우 다른 개념의 층인 거 같다.

[소환: 소 / 복구율 55% / 동시 10개체.]

[현재 암력: 290.]

투둑! 툭!

불독과 비슷한 덩치를 가진 쥐 형태 마물의 시체에 소환술을 뿌렸다.

그러자 10마리의 시체가 동시에 갈라지며 10개의 스컬이 나타났다.

모두 시체의 형태를 고스란히 지니고 있는 쥐 모양의 스컬이었다.

-가가갈.

-갈갈.

쥐 모양 스컬들은 나를 올려다보며 명령을 기다렸다.

"이런. 에헤엠!"

복구율이 55%라 그런지 그렇게 완성도 있는 소환수들은 아니었다. 곳곳에 금이 가 있는 건 물론, 몇몇 관절들이 제대로 맞춰져 있지 않았다.

"일단은 상관없겠지. 나를 따라라."

10마리의 소형 소환수들을 이끌고 17층의 외곽 쪽으로 이동했다.

그러자 급격히 주변에 보이는 소환자들의 서열이 낮아졌다.

안전을 위해 1억 대 서열의 소환자 앞에 다다랐다.

"왜, 왜 그러십니까? 이 구간은 그 쪽처럼 높은 분이 올 만한 곳이 아닌데."

소환자들은 높은 서열을 두려워하긴 했으나, 목숨을 구걸하거나 죽음을 걱정하진 않았다.

어차피 자신을 죽여도 별 소득이 없다고 확신했기 때문에.

하지만 나만큼은 사정이 달랐다.

남은 암력으로 소환술을 재빨리 훈련하고 비슷한 서열에게 도전해야 한다.

비슷한 서열들은 소환수에 둘러싸여 있어서, 가까이 가 능력을 흡수하는 게 불가능에 가까웠다.

"스컬들이여, 공격하라!"

-갈갈갈!

-갈갈!

"이게 무슨 짓입니까! 에혝!"

내 10마리의 쥐 스컬들이 1억 대 서열의 소환자를 덮쳤다.

소환자는 급히 자신의 소환수를 내세웠다. 평범해 보이는 인간형 스컬 2기였다.

내 쥐 스컬 10마리와 다른 마물의 인간형 스컬 2마리가 맞붙었다.

-갈갈갈!

-크하아아.

내 소환수들이 일제히 달려들어 인간형 소환수의 팔다리를 물어뜯었다. 하지만 살점이 없는 상대라 그저 단단한 뼈만 깎아 먹을 뿐이었다.

-크하아아!

인간형 마물이 주먹을 쥐고 허벅지를 물고 있는 내 소환수를 내리쳤다.

파각!

그러자 쥐 형태의 소환수가 박살나 소멸했다.

나는 깜짝 놀라고 말았다.

그래도 1만대 서열에게 흡수한 소환술인데. 1억 대 서열의 소환수에게 지다니!

"하! 서열에 비해 어째 소환수가 약하군요. 잘하면 제가 이기겠는데요? 지금이라도 서로 물리죠."

1억대 서열이 전투의 중지를 제안했다.

하지만 나는 조용히 안광을 좌우로 흔들었다.

어떻게든 지금 상황을 파악해야만 한다. 그래야 앞으로의 소환대전에서도 고생하지 않으리라.

서열만으로 보면 내가 압도해야 맞는데.

내가 보지 못하는 것이 있나.

-갈갈갈!

투둑.

마침내 내 소환수들이 성과를 내기 시작했다.

날카로운 이빨로 계속 물자, 인간형 스컬의 팔다리에 금이 가기 시작했다. 그러면서 보랏빛으로 이어져 있는 관절들도 조금씩 틀어졌다.

"더 적극적으로 뿌리치란 말이다! 뒤로 넘어져 굴러!"

-크하아아!

적 소환자가 자신의 소환수에게 명령했다.

그러자 즉각적으로 인간형 스컬이 팔다리를 접어 몸을 공처럼 만들고, 뒤로 굴러 내 소환수들을 떨쳐냈다.

뼈로만 몸이 이루어져 있어 기괴한 각도로 관절이 꺾여도 크게 문제가 되지 않았다.

"에헴!"

파각!

인간형 소환수가 또 다시 내 소환수를 한 방에 소멸시켰다.

그래도 전체 인구에 비하면, 1억 대 서열은 그리 낮은 서열이 아니었다. 그에 걸맞게 경험이 제법 있는 듯 보였다.

그렇다 해도 내 소환수들이 너무 쉽게 죽는데.

복구율이 낮아서 그런가.

"끝까지 달려서 물어뜯어! 둘은 손목을 깨물고 나머지는 전부 다리를 물어뜯어서 넘어뜨려!"

-갈갈갈갈!

내 명령에 남은 여덟의 쥐 스컬들이 열심히 인간형 스컬에게 달려갔다.

관절이 안정적이지 않아서 삐걱거리며 달리는 모습이었다.

"달려드는 순간 주먹으로 후려쳐!"

-크헤엑!

퍼걱! 퍼걱!

인간형 스컬 둘이 명령 받은 대로 주먹을 휘둘렀다. 그러자 이번에도 내 쥐 스컬이 둘이나 소멸해버렸다.

대체 어떻게 된 걸까.

까가각!

"계속 물어뜯어!"

쥐 스컬들이 달려들어 내가 명령한 대로 인간형 스컬을 물어뜯었다.

인간형 스컬은 다시금 팔다리가 묶이게 됐다. 그럼에도 그 이상의 피해는 받지 않았다. 뼈에 금이 가기는 했으나 도저히 깨질 생각을 하지 않았다.

"이제라도 물러가십시오! 당신의 작은 소환수가 넷이 되는 순간, 제가 무조건 이길 거 같습니다. 그 땐 저도 당신을 잡아먹을 겁니다!"

상대 소환자가 안광을 빛냈다.

1만 대 서열을 잡아먹을지도 모른다는 기대감에 부푼 모습이었다.

그렇게 되도록 내버려둘 순 없지.

"다시 뒤로 굴러!"

"문 것을 놨다가 구르면서 일어설 때 달려들어!"

-가가갈갈!

파각!

아무리 내가 전략적으로 소환수들을 부려도 결과는 처참했다.

인간형 스컬이 엉성하게라도 내 소환수를 치면 맥없이 쥐 스컬이 박살났다.

왜 내 스컬은 공격이 안 들어가고, 저 놈의 스컬은 1방에 내 스컬을 죽일 수 있는 걸까.

불공평하다. 설마 뼈끼리도 위아래가 있는 걸까. 소환술에 상관없이 좋은 재료가 필요한 건가.

"에헤엠! 상성이구나!"

그러다 깨달았다. 분명 퀘스트에선 소, 중, 대 특성의 스컬을 소환해보라고 했다.

실제 소환할 때도 쥐 스컬들은 소(小) 특성을 띠었다. 그럼 상성이 존재할 수도 있겠구나.

파각!

"에헴! 이제 넷 남았습니다! 안 되겠군요. 당신을 놓아주지 않기로 했습니다. 아주 엄청난 암력을 얻게 되겠구나. 키힐힐힐!"

소환자가 승리를 확신하며 사악하게 웃었다.

그도 그럴 것이 이제 내 스컬은 넷밖에 남지 않은 상태였다.

나머지도 곧 주먹에 맞아 박살나겠지.

나는 감각을 끌어올려 암력을 손끝에 모았다.

소환수 대전에선 패배하고 말았다.

그것도 한참 아래 서열에게.

사아아아.

[죽음의 구 발사.]

텅!

암력을 직접 적 소환자에게 쏴 보냈다.

"무슨!"

소환자는 깜짝 놀라며 피하려 했다. 하지만 보라색 응집체인 죽음의 구는 매우 빨랐다.

"크하아악!"

죽음의 구에 맞은 소환자가 고통스러워하며 증발했다. 끝내는 놈의 로브만이 남아 땅바닥에 펄럭거렸다.

콰드득.

인간형 스컬들은 그대로 무너져 활기 없는 뼈 무덤이 됐다.

"에헴."

아래 서열을 죽여서 그런지 아무런 반응도 없었다.

[현재 암력: 285.]

괜히 암력만 소모했네.

나는 남은 셋의 쥐 스컬들을 둘러보았다.

아까 인간형 스컬 정도면 중(中) 특성의 소환수일 것이다. 그러니 소 특성을 이기는 게 당연하지.

그렇다면, 대 특성도 중 특성에게 압도적으로 유리하려나. 상성을 시험해 보기로 했다.

그럼 무조건 크기만 하면 된다는 거 아닌가.

"거기 너, 이리 와봐."

이번에도 낮은 서열을 불러 세웠다.

방금 내가 죽음의 구를 날린 걸 본 뒤라 그런지, 녀석은 군말 없이 순순히 다가왔다.

"왜, 왜 그러십니까. 부디 저랑은 소환대전을 벌이지

말아주십시오. 어차피 죽여도 소득도 없는데… 대체 왜 약한 저희들을 건드리시는지."

"여러 가지 시험해볼 게 있어서 말야. 보아하니 큰 스컬이 작은 스컬에게 유리하더군."

"다, 당연한 것이지요."

"그럼 무조건 큰 스컬을 찾아서 소환하면 그만 아닌가?"

"그렇습니다. 그래서 크고 좋은 재료를 찾는 게 중요하죠. 뭐, 높은 서열들이 좋은 재료는 다 독식하는 편입니다."

죽음의 구 같은 보조 스킬로 인해, 높은 서열들이 힘의 우위를 확보하고 있을 것이다.

그러니 크고 좋은 재료를 독식하는 게 어렵진 않을 테다.

같은 대(大) 특성이라도 다 똑같진 않을 테니.

"알았다. 그만 가 봐."

아직 1만 대 서열 구간으로 돌아갈 생각은 없었다. 괜히 그곳에서 소환수를 부리다가 시비가 걸릴 수 있었다.

방금처럼 보조 스킬 하나로 위기를 모면할 수도 없을 테고.

[소환: 중 / 복구율: 49% / 동시 개체 2개.]

와드득, 우득!

이번엔 아까 본 것과 비슷한 인간형 뼈 무더기에 소환술을 뿌렸다. 그러자 과연 중 특성을 띤 소환수를 거느릴 수 있었다.

"혹시 모르니."

다음엔 그나마 주변 구간에서 가장 큰 뼈를 찾았다. 다른 마물들이 암력이 부족해 함부로 소환하지 못하는 대상인 듯 했다.

콰아아아아.

[소환: 대 / 복구율: 35% / 동시 개체 1개.]

—레벨 업!

—크흐ㅇㅇㅇ.

이번엔 오랑우탄을 닮은 뼈를 소환수로 불러냈다. 키가 3m에 달하는 육중한 소환수였다. 역시나 대 특성을 띠고 있었다.

—갈갈갈.

현재 내가 보유한 소환수는 소 스컬이 3기, 중 스컬이 2기, 대 스컬이 1기였다.

나쁘지 않은 조합이었다.

"모두 나를 따라라!"

이번만큼은 소환대전에서 이길 수 있겠지.

스윽 주변을 둘러보았다. 내 대형 스컬 때문에 소환자들은 하나같이 나를 피하는 모습이었다.

한 놈만 걸려라.

"네 놈! 도망가지 말거라!"

"에헥! 저한테 왜 그러십니까! 쳐다보지도 않고 갈 길 가는데."

"네 놈을 상대해야겠다."

"무슨 소리십니까. 어차피 절 죽여도 암력을 얻지 못하실 겁니다."

"꼭 암력만 필요한 게 아니지."

내겐 경험을 비롯한 여러 감각이 필요했다.

"저 놈의 소환수들을 다 박살내라!"

-크ㅎㅇㅇㅇ!

대형 소환수가 척 앞으로 나아갔다. 어깨를 심히 좌우로 흔드는 모습이었다.

"이런 빌어먹을! 왜 재수 없게 위 서열이 와서!"

소환자는 분해하며 자신의 스컬을 앞세웠다.

이미 도망가기에는 너무 늦은 상황이었다.

상대 소환자는 4족 보행을 하는 중형 스컬을 다섯 보유하고 있었다.

-캬아아아!

-캬아!

이제야 제대로 상성 차이를 볼 수 있겠네.

-크흐아!

콰광!

내 대형 스컬이 육중하게 주먹을 휘둘렀다. 그러자 물어 뜯으려고 달려들던 4족 스컬들이 한꺼번에 박살났다.

-캬아아!

"에헥! 난 망했어!"

이제 남은 적 스컬은 한 기 뿐이었다. 이 정도면 충분히 확인했구나.

소환수가 클수록 강하다는 말이 사실인 거 같다.

"에흠."

그래도 뭔가 찜찜하다.

그런 배경이라면 굳이 소, 중, 대 특성으로 소환수를 나누었을까.

물론 17층 마물들은 그러한 소환수 특성에 대해 무지한 듯 했다. 나는 퀘스트로 인해 아는 정보였다.

우월자들은 알지도 모르지.

"살려주겠다. 그만 가 봐라!"

"에헉, 정말입니까?"

"마지막 기회다. 살려줄 테니 가봐. 네 말대로 굳이 너를 죽여 봤자 얻는 게 없어."

"키힐힐! 재수가 아주 없는 건 아니군!"

상대 소환자는 안도하는 눈빛으로 얼른 로브를 펄럭이며 사라졌다.

이제 내 주변엔 소환자가 하나도 남아있지 않았다.

약한 소환자에게 시비를 거는 걸 목격하고, 미리 자리를 피한 것이다. 필패할 걸 알았으니.

"에흠."

1억 대 서열은 너무 차이가 많이 나는구나.

나는 다시 17층 중앙 쪽으로 이동했다.

이번에 발걸음을 멈춘 곳은 5천만 대 서열이 위치한 곳이었다. 이곳엔 그래도 대형 스컬을 운용하는 소환자들이 꽤 많았다.

쿵. 쿵.

그 중에는 10m에 다다르는 소환수를 가진 자도 있었다.

어디서 제대로 재료를 하나 건졌나 보네.

"에헴! 너! 서열은 높은데 가진 소환수가 영 초라하군. 그냥 재생성 될 때 운이 좋았던 거 아냐? 오랜만에 포식 한 번 해야겠다!"

아니나 다를까 10m 소환수를 가진 소환자가 내게 시비를 걸어왔다. 놈의 소환수는 유달리 목과 꼬리가 긴 인간형 형태였다.

"에헴! 볼 만 하겠는데!"

"1만 대 서열을 삼키면 암력이 대체 얼마일까? 무지막지 하겠지?"

내 서열과 소환수를 보고 해볼만 하다고 생각한 것이다.

과연 어려운 상대를 꺾어서 잡아먹으면 암력을 더 많이 얻는 듯 했다. 전투가 흔한 층답게 어딜 가나 시비 걸릴 가능성이 크다.

"덩치 큰 뼈대 하나 믿고 덤벼드는구나."

"덩치 큰 게 전부인데 또 뭐가 필요하지? 저 놈들의 소환수를 으깨버려!"

-키예에에엑!

목과 꼬리가 긴 10m 소환수가 징그러운 자세로 내게 뛰
어왔다.

"대형 스컬. 네가 저 놈의 팔다리를 붙들고, 나머지는 놈
의 꼬리를 물어뜯어라!"

-크흐으으!

-갈갈갈갈!

내 쪽 소환수들도 겁 없이 10m 마물에게 달려 나갔다.
확실히 덩치가 딸리긴 하는 거 같다.

나는 급히 주변을 둘러보았다. 병력 보강이 필수인 상황.

쐐액, 쾅!

10m 마물이 가로로 몸을 회전시키며 채찍처럼 꼬리를
휘둘렀다. 그 바람에 내 대형 스컬이 꼬리에 맞고 뒤로 날
아갔다.

"일어서서 막아!"

-크흐으으!

같은 대형끼리라 그런지 상성 피해 없이 물리적 충격만
받은 듯 했다.

통뼈라 심각한 피해는 없어 보였다.

카가각!

내 대형 스컬이 10m 스컬의 종아리 한쪽을 붙들었다.

-키예엑!

기괴한 신체 구조 때문에 10m 스컬은 심히 몸이 흔들렸
다. 그 틈에 내 중형 스컬과 소형 스컬들이 한꺼번에 놈의

꼬리에 달려들 수 있었다.

중형은 주먹을 내지르고, 소형인 쥐 스컬들은 놈의 꼬리를 물어뜯었다.

카가각!

"키힉힉! 겨우 그런 잡스런 소환수 몇 더 붙여봤자 다 소용 없다! 떨쳐내!"

─키예아아악!

10m 스컬이 긴 목을 이용해 내 소환수 전부를 후려쳤다. 마치 회초리로 후려치는 거 같았다.

그 바람에 내 중형 스컬들은 전부 박살나고 말았다.

하지만 의외로 소형 스컬들은 멀쩡했다.

게다가 나는 흥미로운 광경을 포착했다.

10m 스컬의 꼬리가 거의 끊어져 나갈 듯 상한 것을.

한 가지 가능성이 떠올랐다.

하지만 대놓고 시험하기가 꺼려졌다.

내가 생각한 가능성이 맞을 경우, 다른 마물들에게 노출시키기 아까울 정도의 정보였다.

"킥히히! 이제 곧 내 승리다. 내가 1만 대 서열을 잡아먹게 될 줄이야!"

상대 소환자는 이미 승리를 확신하고 있었다.

-키예엑!

쾅!

그도 그럴 것이 10m 소환수는 매섭게 나의 3m짜리 대형 스컬을 몰아붙이고 있었다.

그럼에도 오랑우탄을 닮은 내 대형 스컬은 워낙 단단해 쉽게 부서지지 않았다.

"에헴!"

대범하면서도 은밀한 실험을 위해 눈가림이 필요하겠지.

[소환: 대 / 복구율: 44% / 동시 개체 1개.]

[소환: 소 / 복구율: 61% / 동시 개체 3개.]

이번엔 지네를 닮은 소형 스컬 3기와 타조를 닮은 대형 스컬 1기를 소환했다.

-사르르르.

-끼예에에엑!

내가 급히 소환수 둘을 불러내자 상대 소환수가 약간 당황했다.

"하! 그래도 위 서열이라 이건가? 숨겨 놓은 암력이라도 있었나 보군! 그래봤자 내 스컬을 이기긴 힘들 것이다! 전부 후려쳐버려!"

-키예에엑!

"대형 스컬! 각자 좌우를 맡아서 놈들을 잡아!"

-끼야아악!

타조 스컬은 덩치가 5m 정도였다. 오랑우탄보다 약간

더 우람한 정도였다.

쾅!

이번에도 오랑우탄 스컬은 10m 스컬의 채찍에 맞아버렸다. 반면 타조 스컬은 높게 뛰어 바닥을 쓸고 지나가는 적의 꼬리 공격을 피했다.

-끼약!

타조 스컬이 10m 스컬의 괴기한 발목을 물어뜯었다.

-키예아아악!

별다른 피해는 없었지만 대신 10m 스컬은 잠시간 균형을 잃었다.

"나머지는 전부 달려가서 저 놈의 무릎을 물어뜯어!"

-스르르르!

쥐 스컬과 지네 스컬이 빠르게 앞으로 전진 했다. 그리곤 타조 스컬을 떨쳐내려는 10m 스컬의 무릎을 물어뜯었다.

"대형 스컬! 나자빠져있지 말고 일어나서 저 놈의 허리를 때려!"

-그흐으윽!

내 명령에 오랑우탄 스컬이 벌떡 일어나 10m 스컬에게 달려갔다.

뚜둑, 뚜둑.

이미 소형 스컬에 의해 10m 스컬은 무릎 관절이 절단 당한 모습이었다.

"에헴헴!"

내 생각이 맞았다.

단순히 소형, 중형, 대형 순으로 강한 게 아니었다. 그걸 한 바퀴 아우르는 또 다른 상성 관계가 있었다.

소형 스컬은 대형 스컬에게 상성인 것이었다.

콰각! 콰드득!

-키예아악!

오랑우탄이 달려와 10m 스컬의 허리를 때렸다.

그러자 놈의 상반신이 뚝 무릎으로부터 분리되어 뒤로 날아갔다.

먼지를 뿜으며 바닥에서 뒤뚱거리는 놈을 가리켰다.

"전부 집중 공격하라!"

"에헥! 이런 제기랄! 나의 거대한 스컬이!"

크기만 맹신했던 소환자가 공포에 질렸다.

승리를 확신했던 10m 소환수가 차근차근 온 몸을 절단 당하고 있었다.

얼핏 보면 집중 공격 때문인 듯 보였지만, 순전히 소형 스컬인 쥐 스컬과 지네 스컬의 활약이었다.

사아아아.

마침내 목과 꼬리가 긴 10m짜리 인간형 스컬이 소멸하기 직전에 다다랐다.

"에케엑! 이렇게 된 이상 이판사판이다!"

즈웅!

상대 소환자가 죽어가는 자신의 10m 스컬에게 초록빛을 뿜었다.

탕!

그러자 짤막하게 10m 스컬이 터지며 사방에 뼈 가루를
뿌렸다.

-크흐에엑!

-끼예에엑!

유독 오랑우탄 스컬과 타조 스컬이 힘들하는 게 보였다.
자폭 같은 기술을 쓴 거 같다. 다행히 내 스컬들은 소멸하
지 않았다.

"젠장! 왜 저리 단단한 거야! 죽이고 도망갈 수도 없단 말
인가! 잡아먹힐 수야 없지. 바닥까지 긁어모아서 싸우리라."

소환자가 마지막 발악으로 또 다른 대형 뼈에 소환술을
불어넣었다.

콰가가각.

"빨리 가서 생성 중에 공격해!"

-크흐으으!

내 명령에 소환수 분대가 바삐 적의 새로운 소환수에게
달려갔다.

"크허어억!"

사아아아.

허나 굳이 더 공격을 할 필요도 없었다. 마지막 암력까지
끌어다 소환술을 펼친 소환자는 금세 회색 가루가 되어 흩
어졌다.

과한 도박을 건 것이었다.

암력이 다한 자의 모습은 저렇구나.

"제, 제기랄! 1만 대 서열이 잡아먹히는 것 좀 보나 싶었는데."

"암력을 잔뜩 쌓아두고 있었던 모양이야."

"저런 개 같은! 힘자랑하는 거야 뭐야. 왜 여기 와서 행패야."

―갈갈갈.

5천만 대 서열의 마물들이 잔뜩 불평을 토해놓았다. 누가 보아도 내가 압도적으로 승리한 싸움이었다.

위협을 받은 듯 5천만 대 소환자들은 서로 뭉쳐들었다. 그리곤 소환수를 나란히 세워 벽을 만들었다.

"에헴헴!"

자기들끼리는 죽도록 싸우고 잡아먹어도, 내게 의미 없이 죽진 않겠다는 것이었다.

"에헴!"

나도 헛기침을 남기고 등을 돌려 중앙 쪽으로 이동했다. 이 정도면 충분히 경험을 쌓은 거 같다.

언제까지 남은 암력을 소비하며 시간을 보낼 순 없다. 이젠 나도 암력을 취할 차례다.

[능력 흡수. 대상: 타겟.]

[흡수할 상위 능력이 없습니다.]

지나가며 낮은 서열의 소환자들에게 권능을 뿌려보았다.

하지만 별다른 소득은 없었다.

아까 죽어가는 소환수를 폭발시키는 기술은 뭐였을까.

"에흐음."

[능력 흡수. 대상: 타겟.]

[흡수할 상위 능력이 없습니다.]

인내심 있게 계속해서 마물들에게 권능을 뿌렸다. 그러자 200만 대 서열 구간에 다다라서야 성과를 거둘 수 있었다.

[능력 흡수. 대상: 210만 2319위.]

[능력 흡수 완료! D-급 스컬범〈Skull Bomb〉을 사용할 수 있게 됩니다.]

스컬범이라는 기술인 거 같다.

다 부셔져 가는 쥐 스컬 중 하나에게 시선을 옮겼다.

"너는 저기 따로 가서 서 있어 봐!"

-갈갈갈!

내 명령에 쥐 스컬이 뼈 무더기 옆에 섰다.

[스컬 범.]

탕!

과연 내가 기술을 사용하자 쥐 스컬이 뼈 가루를 뿜으며 터져버렸다. 소환수 대전에서 전략적으로 써먹을 수 있는 요소다.

"에헴!"

이제는 충분히 소환술을 경험해봤기에 달텅을 만나는 게 좋을 거 같다.

나는 신분상승을 하자마자 낮 시간으로 넘어갔었다.

반면 달텅은 내가 쓸모없는 OT에 가서 술을 퍼마실 동안 계속 17층에서 생존했을 것이다. 이번에도 뭔가 도움을 받을 수 있을 거 같은데.

[추종자를 추적합니다.]

스르륵.

그리 생각하자 나만 볼 수 있는 주홍 실끈이 내 몸에서 흘러나왔다. 나는 그걸 따라가며 주변을 살폈다.

잘못해서 시비가 걸리면 귀찮아질 것이기에 동선을 잘 정해야 했다.

까드득!

지나가며 두 대형 마물이 힘겨루기 하는 걸 봤다.

"결국 네 스컬의 뼈가 부러질 것이야!"

"무슨 소리! 내 스컬의 뼈 구조만 봐도 내가 더 유리하다! 힘이 작용하는 각도 자체가 다른데 무슨!"

대형 스컬 하나로 승부를 보고 있는 소환자들의 서열은 100만 대였다. 그런데도 상성에 대해 모르고 있구나.

모든 암력을 퍼부어 무조건 큰 뼈를 소환한 게 전부였다.

막연히 대형 스컬을 맞붙여 미세한 차이로 승부를 보려는 중이다.

소형 스컬을 투입하면 금세 판가름이 날 텐데.

"에흠!"

[추종자를 발견했습니다.]

주홍 실끈이 마침내 소환자 중 하나에게 스며들었다. 서열은 50만 대였다.

"달텅!"

"에헥! 카몬님! 또 찾아와주셨군요. 한동안 오시지 않아서, 이제 홀로 생존해야 하나 싶어 절망했습니다. 여기선 동상을 세울 수도 없는 노릇이니."

"그럴 리가 있나. 알잖아. 나는 자주 자리를 비우곤 한다는 걸."

"그래도 이번엔 좀 길어져서 걱정했습니다."

"그럴 만도 하지. 용케 이번에도 잘 살아남았구나. 17층은 어떻더냐?"

내 말에 달텅이 흐릿한 안광으로 대답했다.

"그것이… 꽤 재미난 것을 발견하긴 했는데 충분히 크고 쓸 만한 재료를 찾지 못했습니다. 다른 마물들에게 다 뺏겨서요."

그러고 보니.

"달텅. 암력이 얼마나 남은 거야."

"약 30 정도 남은 거 같습니다."

그럼 결코 여유로운 상태가 아니었다.

무리해서 소환을 하면 아까 내가 제거한 소환자처럼 가루로 화해 소멸할 것이다.

"따라 오거라. 일단 네 식사부터 처리하자."

"오오. 카몬님의 소환수들은 다 든든하군요. 하지만 제 서열 소환자들은 더 큰 뼈들을 부립니다."

"문제될 것 없다!"

축 쳐진 달팅을 이끌고 30만 대 서열에게 향했다. 여기까지 데려와서 달팅을 굶겨 죽인다면 그만큼 무능력한 일도 없을 것이다.

나는 이 추종자에게 분명 책임감을 보여야만 한다. 내가 그렇게 하길 원한다.

"조금만 기다려라. 신호를 주면 네가 개입해서 마무리해."

"아아! 뭔지 알겠습니다. 솔직히 말해서, 저는 아래층이 더 좋은 거 같습니다. 그냥 요리해 먹는 게 낫지, 잡아먹지 않으면 굶어죽는 건 좀 힘드네요."

"이해한다. 나를 따라온 걸 후회하느냐?"

내 물음에 잠시 달팅의 안광이 번쩍거렸다.

"그건 아닙니다! 단지, 지금은 좀 기운이 없네요."

"조금만 참아라. 스컬들이여, 저 자의 소환수들을 공격해라!"

내 소환수 분대가 30만 대 소환자의 소환수를 먼저 공격했다.

"에헴! 건방지게 숫자만 많아서는! 스컬들이여! 다 으깨 버려!"

상대 소환자는 15m짜리 대형 스컬을 둘이나 보유하고

있었다. 하나는 손에 가시뭉치를 품고 있었고, 하나는 망치나 다름없이 굵은 주먹을 가지고 있었다.

–크헤에에!

–크하아악!

"그렇게 작은 스컬들로 뭘 하겠다는 거냐!"

어차피 같은 대형 스컬끼리는 금방 승부가 나지 않는다.

결국엔 판가름이 나겠지만, 시간만 벌어줘도 충분하다.

"대형 스컬들이여! 각자 하나씩 맡아서 힘겨루기를 해라! 공격당해도 무조건 달려들어! 나머지는 저 가시 손 스컬을 먼저 공격해!"

나는 대놓고 대형 스컬들을 대형 스컬이라 불렀다. 하지만 그 진짜 의미를 알아듣는 마물은 없었다.

–크흐으으!

–사르르르.

내 명령에 소환수 분대가 바삐 움직였다.

"킥히히히! 어림없다! 그런 하찮은 소환수로는 결국 내가 이기고 말 것이야!"

적 소환수가 각자 가시뭉치와 망치 같은 주먹을 휘둘렀다.

콰가각!

예상대로 내 대형 스컬들이 밀리는 모양새였다. 허나 같은 대형 특성이라 치명적이지 않았다.

중요한 건 상성이었다.

쾅!

오랑우탄 스컬과 타조 스컬이 열심히 몸으로 적 스컬들의 공격을 막아냈다. 몸에 조금씩 금이 갔지만 그 뿐이었다.

-캬흐으으!

거대한 적 스컬 둘은, 내 작은 스컬들은 신경조차 쓰지 않았다.

상대할 가치도 없다는 것이다.

-사르르르.

-갈갈갈!

나야 좋지. 소형 특성 마물들이 금세 달라붙어 빠르게 적 스컬의 관절을 갉아먹었다.

"다음은 무릎을 공격해!"

"킬히히! 저 작은 스컬들은 뭐야? 재주라도 부리는 건가!"

"대형 스컬! 하반신을 걸고넘어져라!"

"소용없다니까! 순 서열이 엉터리구만, 이거!"

상대 소환자는 승리를 확신했다. 하지만 끝내 하체에서 뜯겨 상체가 분리되는 건 15m 크기의 상대 소환수였다.

"이럴 수가!"

"달팅! 지금이다!"

달팅이 작은 쥐 스컬 하나를 소환했다. 다행히 암력을 전부 소모하진 않았다.

-갈갈갈!

"이런 어이없는! 서열에 뭐라도 있는 것이란 말인가!"

결국 내가 제압한 소환자는 달텅의 암력 먹이가 되었다.

사아아아.

달텅의 안광이 다시 건강한 빛을 되찾았다.

"카몬님! 덕분에 살았습니다!"

"오냐. 킥히히. 자, 이제 네가 발견했다는 사실을 보자꾸나."

"물론입니다!"

갑자기 음흉해진 내 웃음소리에 잠깐 당황했다.

하지만 지금 진짜 중요한 건 달텅이 발견했다는 새로운 요소였다.

달텅과 17층의 가장 구석진 곳으로 이동했다.

17층은 아래층에 비해서 그리 면적이 크지 않았다. 꾸준히 마물들이 죽어나가기 때문에 그리 큰 공간이 필요하지 않은 듯 했다.

어차피 생존 수단도 서로를 잡아먹는 것이었고.

"이곳이 좋겠군요."

구석 쪽엔 엄청난 양의 뼈 가루가 쌓여있었다.

사아아아.

쌓인 뼈 가루가 잔잔한 바람에 의해 조용히 위층으로 흘러올라가고 있었다.

역시나 아무런 마물도 찾지 않는 한적한 곳이었다. 이미 가루가 된 뼈는 무용지물에 가까웠다.

"자, 이제 보여다오."

"알겠습니다, 킬히히. 일단 거의 똑같아 보이는 뼈 2기가 필요합니다. 제가 구해오겠습니다."

달텅이 멀지 않은 곳으로 가 비슷해 보이는 스컬 2기를 소환해왔다.

원래 같은 종이었던 듯, 두 뼈는 거의 흡사한 구조를 지니고 있었다. 단지 차이가 좀 날 뿐이었다.

"불을 뿜는 층에서 파이어 엔리멘탈을 강화할 수 있었잖습니까. 그것처럼 스컬들도 더 강해질 수 있지 않을까 생각해보았습니다. 막연히 다른 마물들이 스컬들을 맞붙이는 걸 보고 이상하다 여겼거든요. 분명 뭔가 더 있을 수 있다고 생각했습니다."

"그랬구나. 제법 기특한 추측이야."

"킥히히! 감사합니다. 그래서 밤새 실험을 해봤습니다. 온갖 이상한 조합을 시도해본 끝에, 결국엔 같은 뼈끼리 붙여보니 재미있는 일이 벌어졌습니다."

달텅은 역시 비범한 마물이었다. 내가 상성에 집중하는 동안 달텅은 자체 강화에 집중했나 보다.

비록 시간을 훨씬 많이 쓰긴 했지만, 하루 만에 발견한 거라 보기 힘들 만큼 중대한 요소였다.

"에헤엠. 네가 오히려 17층 마물들보다 낫구나. 기존의 방법으로만 소환대전을 벌이던데, 다른 놈들은."

"킥히히. 저희 둘은 이 층 역시 스쳐지나갈 뿐이니까요!"

달텅은 확실히 이번 층에 비해 아래층을 선호했던 거 같다. 누가 봐도 무조건 싸우는 것보단 실컷 먹고 먹이는 게 낫긴 하지.

한 시라도 빨리 지나치고 싶어 하는 기색이었다.

미안하게도 오늘 밤은 그럴 계획이 없다.

"자, 그럼 계속하겠습니다. 이렇게 단순히 비슷한 뼈를 세워두면 그냥 스컬이 2기일 뿐입니다. 하지만 좀 더 큰 스컬에게 이리 명령하면 신기한 현상이 벌어집니다. 너, 네가 저 작은 놈을 흡수해."

―크하아아.

인간형 스컬이 자신과 흡사한 종이지만 크기는 작은 스컬에게 척 손을 올렸다.

콰아아아아.

그러자 작은 스컬이 가루로 화해 큰 스컬에게 스며들었다.

―크하아아!

동료를 흡수한 스컬에게 뭔가 변화가 생겼다.

크기가 커진 건 아니었지만, 두 손이 미묘하게 어두워졌다.

원래 대부분의 뼈가 누런색이라면, 녀석의 손은 이제 밝은 회색이었다.

"이런 식으로 스컬을 강화할 수 있는 거 같습니다. 여러 번 시험해봤는데 색채가 어두울 수록 더 단단한 거 같습니다. 너는 쥐 스컬을 때려 봐."

강화된 인간형 스컬이 달텅의 쥐 스컬을 후려쳤다.

파각!

그러자 쥐 스컬이 단박에 박살나 소멸했다.

중 특성이 소 특성을 때리면, 강화한 상태가 아니더라도 저런 결과가 나올 텐데.

"아주 잘했다, 달텅. 이번엔 내가 시험해보겠다."

"물론입니다, 카몬님."

마침 나도 지네 스컬을 여럿 보유하고 있었다.

그 중 가장 큰 놈에게 명령했다.

"나머지 둘을 네가 흡수해라."

-사르르르.

내 명령에 가장 큰 지네 스컬이 나머지 둘 위로 올라타 중앙 뼈대를 꿈틀거렸다.

콰아아아.

녀석은 순서대로 동료 둘을 흡수했다.

그러자 마찬가지로 놈의 몸체가 어두운 빛을 띠었다.

[지네 스컬이 2번 강화되었습니다!]

정말 강화가 되는구나. 달텅이 꽤 대단한 발견을 한 거 같다.

상성과 강화 요소를 이용하면 우월자가 되는 것은 문제 없을 것이다.

적어도 1만 대 서열까지는 이러한 비밀을 아예 모르고 있었다.

"달텅, 나도 네게 알려줄 것이 있다. 강화보다 더더욱 기본적인 개념이다. 하지만 어떤 면에선 가장 중요하다."

"에헴! 가르쳐 주시면 마땅히 배우겠습니다. 저야 감사할 뿐이지요."

달텅에게 대중소 특성에 관한 비밀을 알려주었다.

달텅도 클수록 강하다는 것은 알고 있었다. 하지만 소 특성이 대 특성에 상성이라는 것은 모르는 듯 했다.

"에헥! 정말 놀랍습니다. 가장 작은 유형이 오히려 큰 소환물을 제거할 수 있다니. 앞으로 서열이 높은 자들을 상대할 때 유리하겠군요!"

"그래. 하지만 아래층과 똑같은 상황이다. 필요할 때까진, 열기로 요리하는 것처럼 우리끼리만 알아야 해."

내 말에 달텅이 머뭇거리는 안광으로 대답했다.

"이 비밀은 굳이 공개하지 않아도 될 거 같습니다. 그나마 큰 스컬끼리 힘겨루기를 붙여 수명을 늘리는 상황인데, 이 비밀이 새어나가면 더더욱 죽어나가는 마물들이 많아질 거 같습니다."

"킥히히!"

달팅의 말에 나도 모르게 음흉하게 웃었다.

유령체의 몸이라 애초에 호탕하게 웃는 게 힘든 거 같다.

"그래도 17층 마물들을 신경 써주긴 하는구나."

"에헴. 그렇군요."

"자, 나도 잠시 식사를 좀 하자꾸나."

"알겠습니다."

"표적이 될 수 있으니, 여기서 대기하거나 비슷한 서열을 사냥하고 있거라. 내가 다시 너를 찾을 테니."

"알겠습니다, 카몬님."

혹시 몰라 달팅을 데려가지 않기로 했다. 강화법과 대중소 특성을 알 테니 비슷한 서열에게 절대 패하진 않을 것이다.

나는 지네의 뼈대를 찾아 17층을 배회했다. 작은 일반 지네와 달리 거대한 마물 지네라 벌레인데도 뚜렷한 뼈대를 지니고 있었다.

"찾았다. 킥히히히."

정말 내 웃음소리지만, 적응이 쉽지 않다.

나는 여러 지네 마물을 합쳐 거의 회색에 가까운 스컬을 완성했다.

다음으론 곧장 1만 대 서열에게 향했다. 이제 내가 식사를 할 차례다.

"네 놈을 잡아먹어야겠다."

"킬흐흐흐! 겨우 그런 작은 스컬로 말이냐? 하나는 색까지 이상하군."

상대 소환자는 15m짜리 맹수 스컬을 다섯 마리나 보유하고 있었다.

반면 나는 대형 스컬 2기와 5번 강화한 지네 스컬 1기가 전부였다.

[현재 암력: 198.]

"저 놈은 너무 준비 없이 덤벼드는 거 아냐?"

"내버려둬. 저러다 잡아먹히는 거지."

"저런 판단 능력으로 어떻게 지금까지 살아남았는지, 원!"

다른 소환자들이 내 필패를 확신했다.

"킬흐흐흐. 알아서 이런 멍청한 놈이 굴러 들어오다니. 오늘은 수완이 잘 풀리는군!"

상대 소환자 역시 대놓고 나를 무시했다.

"대형 스컬! 각자 하나씩 적을 맡아라. 지네 스컬은 순서대로 대형 스컬이 상대하는 스컬을 공격해!"

—크흐으으!

—사르르르!

대형 스컬들이 뛰쳐나가 몇 배로 덩치가 큰 적 스컬에게 덤벼들었다.

—캬르르!

쾅!

당연히 맹수 스컬은 사납게 앞발을 휘두르며 내 대형 스컬을 쳐냈다. 그것에 지나지 않고 거대한 주둥아리로 곧장 넘어지는 내 대형 스컬을 물어뜯었다.

우득!

과연 범상치 않은 스컬들이었다. 이번 소환대전 이후로 오랑우탄 스컬과 타조 스컬은 폐기해야겠다.

크기도 작을뿐더러 그간 너무 피해가 누적됐다.

사사삭.

내 신경은 온통 지네 스컬에게 가 있었다. 단순히 강도만 강화된 게 아니었다.

지네 스컬은 징그러울 정도로 빠르게 맹수 스컬에게 기어갔다. 그리곤 순식간에 적의 목을 쓸고 지나갔다.

물 흐르듯이 기어가 적의 몸체를 타고 오른 것이었다.

쾅!

순간 맹수 스컬의 목이 무너지듯 떨어져 내렸다.

"이게 무슨!"

"대형 스컬은 바로 다음 대상을 막아 세워라!"

─끼예에에엑!

타조 스컬과 오랑우탄 스컬이 곧장 다음 대상을 막아섰다. 이번에도 지네 스컬은 순식간에 기어가 맹수 스컬의 목을 쓸고 지나갔다.

텅!

그럼 여지없이 맹수 스컬의 목이 떨어져나갔다.

"이해할 수 없다! 대체 이게 무슨 일이란 말이냐!"

상대 소환자가 당황하는 사이 벌써 3번째 맹수 스컬이

소멸했다. 상성에 강화 요소까지 합치니 말도 안 될 정도로 승부가 쉬웠다.

"에헤에엑! 이럴 순 없다! 나의 스컬들이여, 저 서모너를 직접 물어뜯어라!"

-캬르르르!

맹수 스컬 중 하나가 자리를 이탈해 내게 달려오기 시작했다.

내 소환수들은 다른 맹수 스컬을 상대하는 중이었다.

-캬르르르!

꼼짝없이 내가 당황 상황이었다. 다행히 시간을 벌 방법이 생각났다.

[죽음의 구 발사.]

팅!

-캬아악!

맹수 스컬이 죽음의 구에 맞고 잠시 움찔했다. 소멸시키진 못했지만 충격을 주긴 한 거 같다.

-사르르르!

적을 모두 제거한 지네 스컬이 빠르게 기어와 마지막 맹수 스컬에게 달려들었다.

이번에도 순식간에 적의 목을 절단했다.

쾅!

"미, 미친! 이게 대체 말이나 되는 상황이냔 말이다! 대체 저 검은빛의 소환수는 뭐야! 저렇게 작은 스컬이 어떻게!"

텅! 텅!

상대 소환수가 마구잡이로 죽음의 구를 날리기 시작했다. 나는 급히 몸을 뒤로 빼 공격을 피했다.

그리곤 대형 스컬들을 불러들여 방패막을 만들었다.

-사르르르!

지네 스컬이 지그재그로 뻗어나가며 날아오는 죽음의 구를 모두 피했다.

다음으론 섬뜩할 만큼 부드럽게 상대 소환자의 로브를 파고들었다.

"크하아아악!"

끔찍한 비명이 울려 퍼진 후, 마침내 놈이 보라색 가루로 화했다. 놈의 잔재가 고스란히 내게 스며들어오기 시작했다.

콰아아아아.

-레벨 업!

-레벨 업!

[카몬 - 17층 - 8733위.]

이제 한 번 암력을 흡수했을 뿐인데 서열이 엄청나게 올랐다. 몇 번만 더 싸우면 5000위 주변에 다다르겠다.

[현재 암력: 3122.]

게다가 흡수한 암력도 적지 않았다. 단순히 시간을 벌었을 뿐 아니라, 더 많은 소환술을 펼칠 수 있었다.

[소환수 해제.]

와그작.

오랑우탄과 타조 스컬을 해제시켰다. 그리곤 20m 크기의 코끼리 스컬과 15m 크기의 맹수 스컬 2기를 소환했다.

-크우우웅!

-캬아아아!

나는 곧장 다음 상대를 찾았다.

그리곤 3번 싸워 3번 승리했다.

짧은 시간 내 압도적으로 승리할 수 있었다. 모두 내가 새로 불러낸 대형 스컬에 집중했지만, 승리의 관건은 강화한 소형 스컬이었다.

[카몬 - 17층 - 5309위.]

[현재 암력: 8991.]

이 이상으로 암력을 흡수하면 위험할 거 같았다. 미러 퀘스트에 실패하고 보라색 유령의 눈에 띌지도 몰랐으니.

그래서 구석으로 가 강화에 집중했다.

그렇게 이번 밤은 조심하는 방향으로 마무리를 했다.

다음 밤엔 좀 더 본격적으로 전쟁을 벌이리라.

눈을 감기 전 난 회색빛으로 물든 소환수 분대를 쭉 둘러보았다.

이번에는 별다른 잔상이 없는 줄 알았다.

그래서 좋다고 외출 준비를 하다가 봉변을 당했다.

"흐흠, 케헥헥!"

흥얼거리려고 목에 힘을 주자마자 엄청난 고통이 느껴졌다.

"커헉, 커헉헉!"

목에 불타는 듯한 고통이 느껴졌다. 온갖 걸걸함과 이물감이 좁디좁은 목구멍 안에서 폭발했다. 그래도 대처할 수 있는 방법은 없었다.

"컥! 컥!"

그저 바닥에서 아등바등 거리며 시간을 보내는 것뿐이었다.

"후아아! 깜짝 놀랐네."

한참이나 지나서야 확 고통이 가시고 원래 목소리가 돌아왔다.

잔상이 뭘까 싶었는데 목이 아플 줄이야.

숨까지 가빠져서 잠시 생명의 위협을 느꼈다.

"후!"

몸과 맘을 가다듬고 은행으로 향했다.

그곳에서 곧장 5억 원이 든 통장을 만들었다. 가지고 있는 현금을 새로운 통장에 옮겼다.

다음으로 차를 몰고 향한 곳은 S대 학과장실이었다. 굳이 학교 총장까지 갈 필요도 없지.

물론 컴공과 학과장실이 아닌, 여진이가 다니는 경영학과 학과장실이었다.

"학과장님을 뵙고 싶습니다."

"약속 없이는 힘듭니다. 일정이 바쁘셔서."

"지금 볼 수 있는 일정을 만들어주세요."

내 말에 담당 조교가 급히 학과장의 일정을 수정했다.

나는 열리는 문을 향해 유유히 걸어 들어갔다.

❖

학과장실로 걸어 들어가 척 소파에 앉았다.

경영학과 학과장은 황당하다는 표정으로 나를 쳐다봤다.

명망 높은 S대 경영학과의 학과장. 당연히 명예는 물론 부의 축적도 만만치 않게 우월할 것이다. 사업 전선에 맞닿아 있는 학문을 가르치니.

그럼에도 그의 서열은 나보다 낮았다.

"이리 와서 앉으세요."

"그러지."

나는 B-급 헌터에 초월적으로 많은 재산을 가지고 있었다.

남궁철곤이 걸어준 재산은, 전쟁이 나지 않는 이상 폭락할 일이 없는 국제적 수준의 장외 주식이었다.

덕분에 나는 확실히 학과장보다 위 서열이었다.

그런 상황인데 일개 졸업생이 대기업에서 좀 잘 나간다고 관심이 갈 리 만무했다.

"짧게 얘기하겠습니다. 여기 5억이 든 통장이 있습니다. 이걸 경영학과의 발전을 위해 기부하겠습니다. 대신, 그 중 일부를 이번 신입생인 최여진 학생에게 전액 장학금으로 수여하세요. 명분은 알아서 잘 만드시고. 비밀번호와 사용 정보는 여기 쪽지를 참고하세요."

당황한 표정으로 앉아있는 학과장에게 갑질을 퍼부었다.

학과장이 묵묵히 고개를 끄덕였다. 그는 스윽 통장을 받아들었다.

"이 일은 함구하도록 하세요. 가족이나 누구에게도. 노출시켜서 본인에게도 좋을 일이 없는 일입니다."

"그렇지, 물론이야."

내 말에 학과장이 공감한다는 듯 고개를 끄덕였다. 실상은 내가 그런 생각을 심은 것이었다.

"자, 그럼 제 얼굴은 잊도록 하세요."

내 말에 학과장이 잠시 졸 듯이 고개를 픽 숙였다.

이로써 되었다.

여진이는 전액 장학금을 받게 될 것이다. 이번 경우는 굳이 필요한가 아닌가를 따질 필요가 없었다.

갑질 대상이 내 일상에 중요한 사람이 아니어서.

그냥 내가 원해서 한 것이다.

"안녕히 가세요."

"예."

조교가 이해할 수 없단 눈빛으로 내게 인사를 했다. 무리

하면서까지 일정을 바꿔 나를 들여보낸 게 이해가 되지 않을 것이다.

그러건 말건 나는 다시 캠퍼스로 향했다.

느긋하게 벤치에 앉아 젊은 풍경을 감상했다. 아무 것도 모르고 천진난만하게 즐기는 얼굴들이다.

함께하기엔 너무 많은 걸 알아버렸고 너무 많은 걸 겪어버렸다. 찰스 리라는 엄연히 살아있는 인간을 죽이기도 했다.

"후아!"

이제 와서야 차분히 끝에 대해 생각해봤다.

뫼비우스 초끈 덕분에 난 계속해서 상승할 것이다.

그리고 나는 그 과정을 적극적으로 즐긴다.

꼭대기 층에 다다르면 어떻게 될까. A급 헌터가 되면 어떻게 될까. 무수히 많은 생각들이 꼬리에 꼬리를 물고 머릿속을 맴돌았다.

A+급 헌터가 되면 연예인 못지않은 대우를 받을 수 있게 된다. 우리나라 기준이면 300명 안에 드는 인재였으니.

"으."

나로썬 거북한 상황이었다.

노블립스에게 어떻게든 들키지 않아야 하는데.

띠리리리.

스마트폰이 울렸다. 2G 폰을 쓸 때를 추억하기 위해 일부러 벨 소리는 고전적인 것으로 설정해 놓았다.

"여보세요."

-준후야! 남친아!

여진이가 한껏 격앙된 목소리로 말했다. 나는 모르는 척을 하며 대꾸했다.

"뭐야. 무슨 일이야? 무슨 일 있어?"

-헤헤! 내가 지금 놀라서 이럴까 기뻐서 이럴까.

"이미 웃은 걸 보니 뭔가 좋은 일인가 보네! 게다가 둘 다 아냐?"

-아, 맞다! 푸하하! 헷갈렸네, 내 정신 좀 봐.

"무슨 일인데?"

여진이는 기쁨을 주체하지 못하겠는지 아직도 목소리를 떨었다.

-글쎄, 있잖아. 내가 4년 전액장학금을 받게 됐데! 그것도 우리 과는 보통 장학금을 잘 안주거든. 학년 탑한테만 주는 건데, 원래!

"근데 용케 받았네, 우리 여진이가?"

-으응! 이번에 재단에서 진행하는 새로운 사업에 내가 선정됐데! 진짜 로또 된 기분이야.

"하하! 그럼 네가 한 턱 쏘는 건가?"

-당연하지이. 뭐 먹고 싶어?

"아! 그거 말한 거 아닌데. 다른 거 선물 받고 싶은데."

여진이 장단에 맞춰주기 위해 농담을 했다.

-아유, 이 응큼한 녀석! 알았어용.

적당히 마무리하고 통화를 끝마쳤다. 아마 여진이는 어머니와 친구들에게도 자랑하느라 오늘 내내 바쁠 것이다.

"하하. 그리 좋은가."

역시 직접 돈을 주지 않길 잘했다.

무시 받는다고 생각했겠지. 장학금 루트로 줘야 여진이가 되레 기뻐할 것이다.

내 생각이 맞아떨어졌다.

"하핫."

앞으로 과외나 알바 걱정 없이 맘껏 캠퍼스 라이프를 즐길 수 있겠지. 그녀의 일상이 더 밝으면 나로써도 더 좋다.

그녀에게는 다른 곳에선 얻을 수 없는 중후한 기쁨을 느낄 수 있으니까.

띠리리리.

다시 전화가 왔다. 여진이가 할 말이 남은 건가 싶어 봤더니 발신자가 다른 여자였다.

다름 아닌 도예지 부대장이었다.

"네, 여보세요. 오랜만입니다."

―네, 준후 씨. 그간 별다른 활동을 하지 않으셔서 다행히 본사에서 크게 눈치 채진 못했어요. 저도 조심스레 조사를 하느라 일의 진행이 느렸네요. 양해 부탁드려요.

"이해합니다."

―맘 같아선 당장이라도 대장님을 해친 자들을 찾아내 처단하고 싶어요. 하지만 일을 그르쳐선 안 되니까….

도예지는 심적 고생이 굉장한 듯 했다. 목소리가 잔뜩 갈라져 있었다.

"이해합니다."

─대장님이 지목한 쥐새끼를 쭉 추적했어요. 그간은 별다른 움직임이 없더군요. 그래서 은밀하게 작전 하나를 준비했습니다.

"그래요?"

─네. 만나서 얘기하죠. 혹시 모르니.

"알겠습니다."

도예지와 만날 장소를 정했다.

재수생에서 명문대생으로 전환하는 시기라 미처 신경을 쓰지 못했다.

"허."

하지만 잊은 건 아니었다.

내 눈 앞에서 머리에 구멍이 나 쓰러진 구마준의 얼굴을. 그리고 죽기 전까지 최선을 다했던 김창준의 목소리를.

나도 마땅히 찾아내고 싶었다.

한국지부장 박효원. 섣불리 접근하거나 건드릴 수 없는 사람이었다. 하지만 중대한 용의자임은 분명했다.

본래는 김창준이 날 죽이고 자살해야했지만, 그러지 않아 노출된 인물.

"가보면 알겠지. 후우우!"

심호흡을 하고 마나를 한 바퀴 순환시켜서 심란해진 맘을 다잡았다.

구마준이 남긴 자료를 볼 때만 해도 모든 게 어그러지는 기분이었다.

나는 차를 몰고 약속한 장소로 이동했다.

"흠."

도예지는 안전을 대비해 어딘가에 은신해 있는 듯 했다. 나도 완전히 믿진 않는다는 건가.

나는 대놓고 약속 장소에 가서 섰다. 그리곤 도예지에게 전화를 걸었다. 감각을 뿌려 봐도 나를 겨누고 있는 감각은 없었다.

"도착했습니다."

-미행 따라붙은 거 아니죠?

"그런 것 같습니다. 제 감각으로 훑어 볼 때는 꼬리가 붙지 않았습니다."

-흠. 제가 잠시 주변을 탐색해보겠습니다. 그 자리에 대기하고 계세요.

"알겠습니다."

아마 내 수준은 도예지보다 약간 부족하거나 대등할 것이다. 허나 그녀는 내가 B-급 헌터라는 걸 모른다.

잘 해봐야 D급이라고 생각하겠지.

"준후 씨."

도예지가 스르륵 다가와 어깨를 쳤다.

"어라."

제법 놀랐다. B-급이면 초인 중에서도 중상위권에 속하는 초인이었다. 나는 내내 도예지가 다가오나 안 다가오나 주의를 기울이고 있었다.

그런데 알아차리지 못했다니.

확실히 암살과 기습에 능한 헌터긴 한 거 같다.

"주변은 안전해요. 자, 빠르게 작전을 말해드릴게요. 제가 교란용으로 가디언즈 내부 임무를 구성했어요. 그간 밑 작업을 해서 그 쥐새끼 요원과 자연스레 엮이도록 만들었어요."

"아아."

"헌데 조사만으론 한계가 있어요. 준후 씨가… 세뇌 심문을 해줘야 할 거 같아요."

"그렇군요. 틈새 안에서 세뇌 심문을 하면 노블립스 측에서도 알아차리지 못할 테니."

도예지가 조심스러운 표정으로 물었다.

"창준이는 이능력으로 기억을 재우곤 했죠. 혹시 그런 것도 강제로 명령이 가능한가요."

"네, 물론입니다. 최면처럼 작용해요."

"서열 같은 요소가 중요하다 들었는데, 충분한가요?"

도예지는 여러모로 날 잘 몰랐다. 그래서 신중히 물어보는 게 충분히 이해가 갔다.

"그 자가 도예지 씨보다 훨씬 서열이 낮죠?"

"물론입니다. 그냥 현장 요원 수준이죠. 저는 그래도 간부급에 등급도 B클래스고."

"자, 그럼 도예지 씨. 오른 팔을 들어보세요."

시범으로 갑질을 선보였다.

그녀가 먼저 기척을 숨기고 다가왔으니, 이 정도면 무난하게 아까 일을 갚아주는 것이었다.

"어?"

도예지가 스윽 오른 팔을 들었다.

"어떻게…. 설마 저보다 서열이 높으신 건가요? 가디언즈 내에선 거의 없는 사람에 가까운 프로필을 지니고 있을 텐데."

도예지가 이해할 수 없다는 듯 나를 쳐다보았다.

적어도 내가 적대감이 있어서 세뇌를 한 건 아니란 걸 알았다.

"그간 저도 혼자 많은 준비를 했습니다. 구마준 대장님이 당하신 걸 보고 위기를 느꼈거든요. 참고로, 서열은 재산 같은 요소도 많이 기여를 합니다. 각성 등급도 그렇지만."

"아아. 노블립스 잠입요원이니 재산이 꽤 되시겠군요."

"찰스 리의 영업장을 물려받았거든요."

괜히 과한 세부 사항을 언급하진 않았다.

딱 필요한 만큼의 설명만 해주었다.

"곧 제가 연락을 드릴게요. 용병으로 참여해주시면 됩니다. 그 이야긴 미리 해두었어요. 레이드 후 준후 씨에 대한 기억을 지워주세요."

"흠. 단순한 작전이긴 하지만, 그간 자연스럽게 연출하느라 시간이 많이 걸렸던 거군요."

"맞아요. 외부적으로 전 가디언즈 내에서 이제 기획을 맡고 있어요. 제가 준비한 레이드는 요원 훈련용이고요."

도예지가 잠시 침묵을 지키다 물었다.

뭔가 민감한 질문을 할 거 같다.

"저… 혹시 등급이 어떻게 되시는 지 알 수 있나요? 용병을 부르는 배경이 좀 어려운 레이드를 도는 조건이라서요."

"B클래스가 껴 있는데 용병이 필요할 정도면 A급 틈새인가요?"

"아뇨. 그건 너무 위험해서요. 대신 다른 참가 인원들이 C급입니다. 더 아래도 있고."

"아아. 저는 B-급입니다."

"아."

내 말에 도예지가 심히 놀란 표정을 지었다.

그녀도 전에 내게 하루 만에 기술을 전수해준 교관 중 하나였다.

"구마준 대장님 말씀이 맞았군요. 어쩌면…."

"네?"

"아, 아니에요. 일단은 이번 작전에 집중하죠."

"알겠습니다. 저, 근데 도예지 씨. 묻고 싶은 게 있습니다."

"아, 네. 얼마든지 물어보세요. 아, 그리고 구마준 대장님 대신, 제가 물자나 틈새를 구해다 드릴게요. 편히 연락하세요."

도예지의 눈빛이 한결 부드러워진 모습이었다. 내가 B급 헌터에 그녀보다 서열까지 높은 세뇌 능력자란 걸 알아서 그런가 보다.

"혹시 위장 신분과, 얼굴을 바꾸는 마나 아티펙트를 얻을 수 있을까요?"

내 말에 도예지가 이해한다는 듯 고개를 끄덕였다.

"위장 신분은 어렵지 않습니다. 하지만 얼굴을 바꾸는 아티펙트는… 구하기가 매우 어렵습니다."

그래도 아예 없다곤 하지 않았다.

"그럼 존재하긴 한다는 거네요?"

"네. 도플갱어 마스크라는 희귀 아이템인데… 일단 저희 나라엔 없고 해외에서도 암시장에서 거래돼요."

"아아. 구하기가 어렵군요…. 고위 틈새를 구하기가 힘들다고 해서요. 가디언즈 측에서도. 몇 번 구마준 대장님 사람들과 연락을 했거든요."

"네. 구마준 대장님이 구해다 주신 틈새는 죄다 비공식적으로 암거래한 것들이라. 고위 틈새는 안전 때문에 나라에서 철저히 감지하고 관리하거든요. 파장이 세서 감지가 즉각적이에요."

"그래서 신분을 숨기고 활동하려고요. 근데 얼굴은 쉽게 숨기지 못하니까…"

"네. 이해해요."

도예지가 잠시 고민하는 표정을 지었다.

그러다 잠시 후에야 가능성을 제시했다.

"지금은 절대 들어가시면 안 되고… A급 틈새 중에 거울의 미로라는 틈새가 있거든요. 그곳에서 아주 희귀하게 도플갱어 마스크를 구할 수 있어요."

"아. 좋은 정보 감사합니다. 꼭 필요했거든요."

"절대 무리하시면 안 돼요. 아무리 특별한 각성자라도 자기 등급보다 높은 틈새는 공략 못합니다. 그것도 혼자선."

"알겠습니다."

도예지가 섣불리 도전하지 말라면서 신신당부를 했다. 나는 확실히 고개를 끄덕여주었다.

도플갱어 마스크가 있으면 다시 무서운 속도로 성장할 수 있다.

"그럼."

도예지와 헤어져 여진이를 만났다. 그녀가 장학금을 받은 기념으로 밥을 사준다고 했다.

싱글벙글한 그녀 얼굴을 보고 싶어 얼른 장소를 바꿨다.

"준후야! 하하!"

여진이가 흥분한 상태로 내게 뛰어왔다.

헌데 한쪽에서 매우 빠르게 달려오는 자동차가 보였다.
내겐 고민할 여유가 없었다.

콰가각!

단박에 도약해서 여진이 바로 앞에 당도한 자동차 프론
트 판넬을 발로 내리찍었다.

〈5권에서 계속〉